TAKE
SHOBO

薔薇の姫君はエルフ将軍の腕で愛を知る
幼なじみの美少年が筋肉男子に
変貌を遂げていました!

葉月クロル

Illustration
赤羽チカ

薔薇の姫君はエルフ将軍の腕で愛を知る
幼なじみの美少年が筋肉男子に変貌を遂げていました!

Contents

イラスト／赤羽チカ

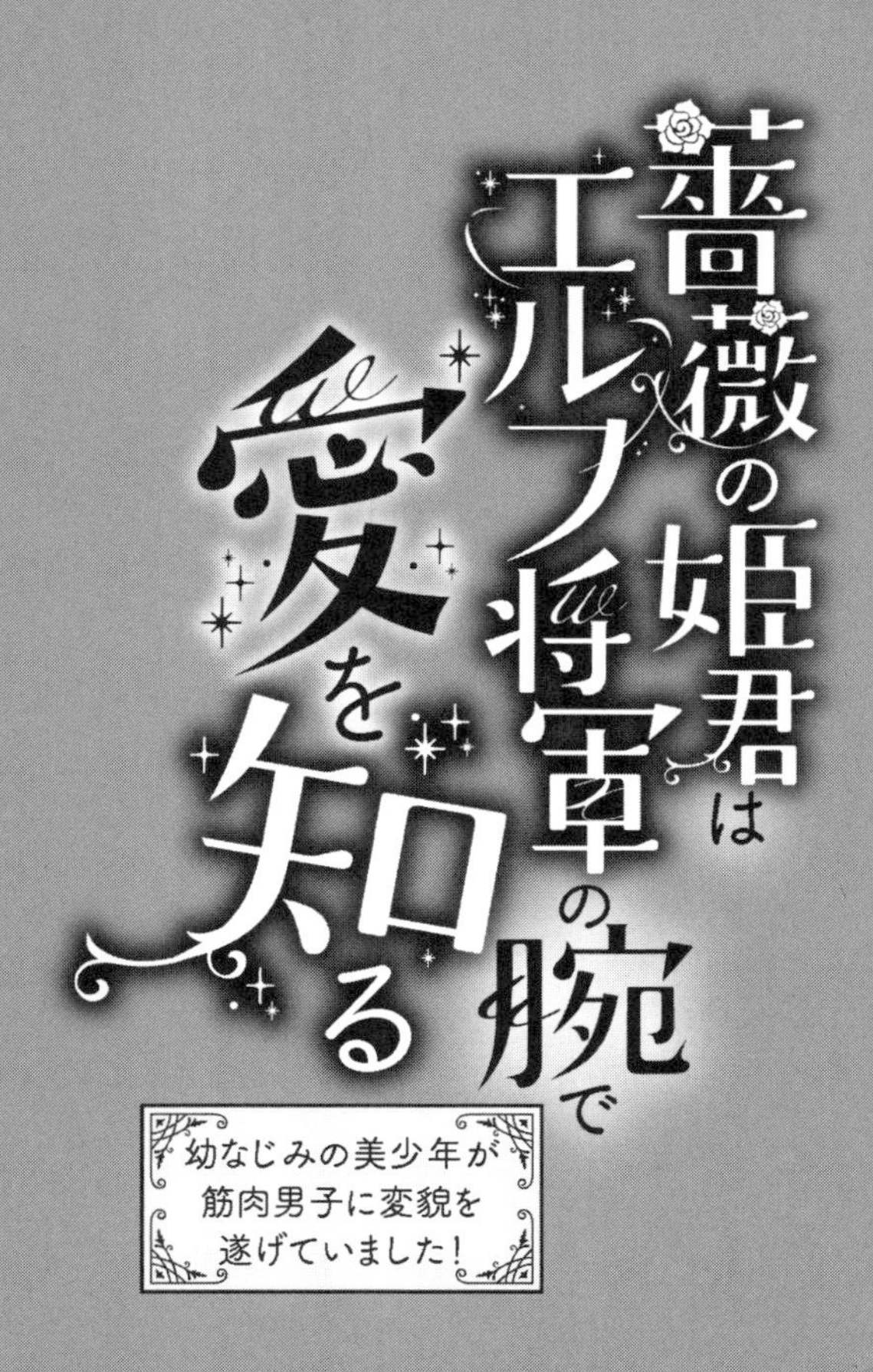

MOON DROPS

第一章　薔薇色の髪を持つ姫君

「アラベル王女殿下、本日のお茶はクーコ地方東部の紅茶でございますわ」

貴族のご令嬢の口調で、向かい側に座ったメリッサが言った。

「ありがとう」

爽やかな風がそよ吹く四阿（あずまや）で、わたしは侍女のサービスを上品な笑顔で受ける。

今日は令嬢教育の一環として、侍女たちと共にお茶会の練習をしている。目の前のテーブルは小さなお茶会といったセッティングがしてあり、頭上から鉢が吊（つ）るされ季節の花々が生けられていて、屋外らしい可愛らしい空間になっている。

わたしはソーサーとカップを持ち上げると、芳しい香りを吸い込んでから品よく感想を述べた。

「これはプラムのような軽やかな風味があるお茶ね。クーコはかなり希少な茶葉だけれど、今年はとても出来がよくて、たくさん出回っているみたいで嬉（うれ）しいわ。最近のお茶会で人気があるという噂（うわさ）のこの紅茶は……ええ、かすかだけれど、宝石のようにきらびやかな香りが隠れているのが分かりますわ。香りを余さず楽しむためにストレートで頂くのがよろしくてよ。このお茶に合うお菓子はレーズンを焼き込んだパウンドケーキに……サワークリームを添えたものでどうかしら？」

「はい、その通りですわ。よくできました」

「ふふふ、ありがとう」

わたしは『本日のお茶会を主催する令嬢役』を務めている侍女のメリッサに言った。

亜麻色の髪にルビーのような真っ赤な瞳を持つメリッサは、文武両道のしっかり者の令嬢で、わたしの腹心とも言える存在だ。

「クーコとオルフォの違いは微妙ですが、クーコにはナッツのような芳香はなく、フルーティさが際立ちます」

「難しいわね。メリッサは本当によく覚えていてすごいわ」

お茶の産地とその特徴を覚えて感想を述べるのも、社交する貴婦人として必要なたしなみである。このように、くつろぐ時間すら気を抜けないのが、一国の王女の生活なのだ。

だが、お勉強と美味しいものは別にしたい。

だってほら、目の前にパウンドケーキにサワークリームがかかったものが置かれたから！

「クーコの特徴を正解したところでメリッサ、ここからはフリータイムにして頂戴な。純粋にお茶の時間を楽しんでからお勉強の続きをすると、より捗るような気がするのよ」

「アラベル様ったら……」

　メリッサと侍女たちは困ったように笑った。しかし、あくまでも品の良さを失わない。

　王女付きの侍女には高位の貴族の令嬢が選ばれる。メリッサはわたしよりふたつ歳上の侯爵令嬢で、貴族としての教育をしっかり受けた頼りになるお姉様だ。わたしがこの国に生まれた時からわたし付きの侍女になることを期待された彼女にも、わたしと同様、多くのものを求められていたはずだ。

　貴族のお姫様は贅沢を楽しんでにこにこ笑っているだけだと思ったら、大間違いなのだ。

「美味しいものは余計な事を考えずに美味しくいただく主義なの……ね？」

　わたしは上目遣いで、さらに言葉を重ねて説得した。

「ええ、知ってますわ。仕方のない王女殿下ですわね」

「ふふふっ、メリッサ、大好きよ」

　メリッサは少しだけ渋い顔をしつつも、わたしが椅子の背にもたれかかり「んー、甘いケーキをサワークリームが引き立てていて、美味しいわあ」とお菓子を味わう姿を見守ってくれる。

「あら、このケーキには粉にしたナッツがたくさん入っているわ」

　生地はしっとりとしてるのに、サクッとした歯触りも感じられる。そして、ほろほろと口の中で崩れながら香ばしい木の実の風味がするのだ。

「これはアーモンドと……ピスタチオ？」

「大当たりでございます。さすがはアラベル様ですね」

「褒めてもらえて嬉しいわ」

「食いしん坊も、お茶の席では武器になりますわね。さあ、マカロンもそのお茶に合うのでおひとつどうぞ」

「食いしん坊じゃありません。女の子はみんな、スイートなお菓子と恋が親友なのよ」

　わたしは小説の中の一節を引用して、メリッサに『ドヤ顔』をした。この『ドヤ顔』は、小説の中の悪役令嬢とか当て馬令息がよくするものなのだ。

「残念ですわ、ロマンス小説のヒロインよりもお美しいアラベル王女殿下なのに、今のお姿は『淡き薄紅の蕾（つぼみ）の姫』とは思えませんわよ」

「むむっ」

　メリッサが自分の口元を人差し指の先でつついてみせたので、わたしは素早く口元についたクリームをナプキンで拭き取った。

「そういうキラキラした二つ名は、政略結婚の時に嵩（かさ）増しするために使うものなの。普段は捨て置いてよろしくてよ……そうね、日常で使うなら『とろけるクリームの天使ちゃん』とかでいいわ」

「美味しそうで、変な二つ名ですわね……センスはともかく、アラベル様にぴったりです」

　メリッサは呆（あき）れた顔をして、女性たちはくすくす笑った。

　美麗な二つ名はわたしの見た目しか評価しない人々が付けたものなので、形式的な表舞台に立つ時にしか役に立たないと思うのよ。

「わたしが小説の世界に入れるものなら、『儚き薔薇の蕾の姫』でも『朝焼けの精霊の愛し子』でも、恥ずかしげもなく名乗ってみせるんだけどなあ」

「アナベル様、口調」

「謹んでお名乗り申し上げてもよろしくてよ、おほほほ」

わたしはそっくり返り、背中に下ろしたピンク色の髪を揺らして言った。

そして、お菓子の続きを食べた。

メリッサは笑いとため息の間のようにふっと声を漏らした。

「アラベル様は華やかな二つ名に恥じることのない、美しい姫君でいらっしゃいますものね。お転婆なお顔を見せてもこんなに愛らしいとは、羨ましいことですわ」

「それはね、あなた方側仕えたちがいつもわたしを磨き上げてくれるからなのよ！」

皆様、いつもありがとうね、と小首を傾げてお礼を言うと、メリッサたち侍女とメイドたちは「そういうとこ！　あざと可愛いにも程がありますわよ！」「んもう、なんて愛らしいのかしら」「綺麗で可愛くて愛らしくて、わたしたちの姫様はとんでもない人たらしですわね」と言って、またくすくす笑った。

「アラベル様は、お優しくてお綺麗で、本当にロマンス小説から出てきたみたいですわ」

侍女のひとりがそう言って、新しくお茶を注いでくれた。

「ふふふ、そうだったらよかったのだけれど……ああ、麗しきわたしだけの王子様は、今いずこ？」

大変残念な事だけど、精霊たちが愛する国、イスカリア国の第二王女であるわたしは、愛読書であるロマンス小説のような恋愛結婚とは縁がない。

政略結婚が生まれた時からの定めなのだ。

ちなみに第一王女のお姉様はとっくに嫁いで、仲良しの旦那様の子どもをばんばん産んでいる。マルティナお姉様は背が高くしっかりした身体つきで、精神的にもとてもタフなのだ。焦げ茶の髪をした、大地の精霊に愛された王女だからかもしれない。

ちなみに、ピンク色の髪にすみれ色の瞳をしたわたしは、なんの精霊に愛されているのかいまだに不明なのである。恋愛の精霊ではない事は確かなのだが。

わたしが精霊魔法を使うと、透き通ったピンク色の球がひとつ転がり出てくる。この綺麗な謎の球は投げても爆発しないし、コロコロ転がしているといつの間にか消えてしまう。まったくもって、使い方がわからないのだ。

「わたしは、どなたの花嫁になるのかしらね……」

もう十七歳のわたしはよくわかっている。夢の中の王子様とは夢でしか会えないのだ。

そう、輝く金髪に深い青の瞳を持ち『ベル、僕があなたを一生守ってみせるから』なんて笑顔で言う、ほっそりとした美貌の、わたしの心を虜にする王子様とは……。

あら、これは何の記憶かしら？

小説の挿し絵が夢に出てきたのかもしれないわね。

しかし、ほっそりスタイルも悪くないけれど、わたしの真の好みは鍛えられた筋肉をお持ちの殿方だったりする。岩石のようにムッキムキではなく、鞭のようにしなやかで躍動感あふれる強靭な筋肉をお持ちの男性……ああ、素敵すぎる。

王家の書庫から『ギリシーヤ神話論』という奇書を見つけてこっそりと部屋に持ち帰ってから、わたしはその挿絵に描いてある『ギリシーヤ』の神々や騎士たちの立派な筋肉に夢中なのだ。

遥か昔、どこかにあった『ギリシーヤ』の国に生まれていたら、どんなに幸せだっただろうか！

わたしは毎晩、鼻息を荒くしながらこの本を読み、夢にたくましき男性が出るのを待ちながら眠りにつくのが習慣となっている。

夜の話はともかく。

のんびりした時間を過ごして部屋に戻り寛いでいると、外が慌しくなった。部屋付きの侍女のひとりが顔を引き攣らせてやって来た。

「どうなさったの？　王女殿下の前で、はしたなくてよ」

筆頭侍女のメリッサに注意されたが、侍女の顔の引き攣りは取れない。

「お、畏れながら、国王陛下より緊急の呼び出しがございます」

「緊急ですって？　わかったわ。いつ頃伺えばよろしくて？」

わたしは急ぎと言っても着替えて髪を結い直すくらいの時間はあると思ったのだが。

「それが、至急、今すぐに、陛下の前に参上せよと仰せとの事でございます」

「ええっ、今すぐですって？　お父様ったらどうしちゃったのかしら」

「先触れも出さずに淑女を呼び出すとは、余程なことですわ」

わたしはメリッサと顔を見合わせた。

「何か大事件が起きたのかしら？」

「アラベル様、そのままのお姿で失礼はないと存じますので、すぐに参られるとよろしいかと存じます」

「お茶会の練習できちんと訪問着のドレスを着て、身支度をしっかりしておいてよかったわね」

わたしは立ち上がりレースで編まれたガウンを羽織ると、父親であるイスカリア国王陛下の待つ部屋へと向かった。

ここはイスカリア国の王宮にある、こぢんまりした謁見室だ。国王のごく内輪の会議などにも使われる、比較的落ち着いた内装の部屋である。

とはいえ、王宮なのだから、それなりに豪華だけど。

「陛下？」

「アラベルか。よい、入れ」

開けられたドアからそっと中を覗（のぞ）くと、声がかけられたので遠慮なく入室する。

一流の職人によって美しい彫刻が施された豪華な椅子に座った壮年の男性が、額に手を

当てて ため息をついている。

真っ赤な髪に真っ赤な髭(ひげ)、そして太陽の光のような黄金の瞳を持っているこの男性は、わたしの父であるイスカリア国王だ。そして、この立派な謁見用の椅子は国王専用のものである。

「ギリガンの王族は、揃(そろ)いも揃って愚か者であるな。せっかくの調和を乱すようなことを……むしろこのまま連合軍に滅ぼされてしまえばよい……いや、そうなると、現在の我が国の立ち位置が微妙なものになる」

ぶつぶつと呪詛(じゅそ)のように呟(つぶや)くお父様の表情は険しい。

イスカリア国はギリガン光帝国と講和条約を結んでいるが、現国王（ギリガンは最近勝手に『光帝国』などと名乗りだしたが、他国はスルーしている）に元気がなくなってから、王太子が武力にものを言わせて我が物顔に振る舞い、イスカリア国に対して理不尽な要求をしてくるようになったので、国民たちもかなり不安を募らせていた。

「……王女アラベルが参上致しました」

部屋の中央に進んだわたしは深く膝を曲げて、ドレスの下に隠し持つバネのような筋肉をフル動員した、完璧なカーテシーを見せる。

そして、顔を上げて言った。

「畏れながら国王陛下」

「楽にしてよい」

「お父様、来る途中に、とんでもない話を小耳に挟みましたが、これはいったいどういうことなのでしょう」

王宮内がざわついていた。そして、あちこちで交わされる会話の中に、とても嫌な情報が含まれていて、急な呼び出しの理由がわかった。

わたしは身体を起こすと、震える両手を握り締めながら国王に言った。

「先日、ギリガン国が戦争に負けたことは、わたしも存じております」

「そうだな、ギリガンは連合軍に敗戦し、近々正式に敗戦協定を結ぶらしいな」

「かの国にとっては一大事、まさに混乱の世でございましょう。なのに、こんな時だというのに、何がどうなって、なぜわたしにこのような話が？　一国の王女に側室になれなどと、失礼千万ですわ！　あっ」

わたしは慌てて頭を下げた。

「陛下の御前で取り乱しました。申し訳ございません」

「いや、そなたが驚き憤るのも無理はない。正直、わたしも腹が立って仕方がないのだからな……この場に筆頭補佐官が同席してはいるが、これはあくまでも家族の会合とするので、砕けた振る舞いをしても非を問わぬ。そら、家族会議を始めるぞ」

「陛下のありがたき温情に、感謝の言葉を申し上げます」

わたしはもう一度礼をしてから、顔をひくつかせているお父様を見つめた。

「で」

「まあ、そのような恐ろしい顔で仁王立ちせずに、座って落ち着くとよい」

「わたし、恐ろしい顔……してます？」

「すごく怖いな」

わたしは両手で頬を押さえてはっとした。顔が岩石のように固まっている。

ささっと顔を揉んでから、ドレスを持ち上げて、ひとりですっと椅子に腰かけた。

「心乱れた形相をお見せしてしまいましたわね、申し訳ございません。けれどお父様……尊大な光帝国が、種族の違いを越えて手を取り合った連合軍に敗戦したことは予想通りです。ええ、負けてザマアミロと胸がすく思いですわ。けれど何故、今さら、わたしがあの変態王太子シャーズの元に、急遽側室として入ることになるのでございましょうか？今、ギリガンは戦後の賠償でそれどころではないでしょうに、何を企んでいるのでしょう」

わたしが嫌悪を込めて『変態王太子』と言った時、筆頭補佐官は上品にコホンと咳払いをして、『淑女にあるまじき表現』を聞かなかったふりをしてくれた。

「アラベル第二王女殿下、畏れながらこのわたしが状況の説明をさせていただきます」

わたしは切れ者と名高い、水色の髪の筆頭補佐官エディール・シュワルツ公爵を見た。

彼は水の精霊に愛されている魔法使いなのだ。

そして、剣の鍛錬もしっかりしているシュワルツ公爵は、その服の下に筋肉を隠し持っている事を、わたしは知っている。

とてもナイスな筋肉なのである。

こっそりと鍛錬の様子を覗き見たのでよくよーく知っている。

しかし、これは芸術への探究心であるので、誰もわたしを責められない。

わたしは内心の動揺を隠して、筋肉……いや、切れ者の補佐官に「お願いいたします」と軽く会釈をした。

まだ三十手前という若さの彼は、前国王の弟の次男にあたり、王家の親戚筋なのだ。

そして、大変な美形である。

筋肉美形……完璧である。

しかし、いまだに独身だ。

仕事が忙しいからロマンスを育む時間がないからだと本人は言っている。

親戚の情けでそういうことにしておこう。

クールすぎる性格とか、頭が良すぎて夫にするにはちょっと怖いとか、イスカリア国の社交界では筋肉多めの男性よりも洒落た詩を読むなよっとした貴公子の方が人気があるだとかが理由ではないのだ。

「説明をお願いいたしますわ、シュワルツ公爵」

さて、シュワルツ公爵の話の前に、各国の事情説明を軽くしておこう。

まず、ここ、精霊に愛されし者の国イスカリアは、現在ギリガン『光帝国』の属国となっている。二十年ほど前に、争い事を好まないイスカリア国に、ギリガンが侵略紛いの戦を仕掛けてきて敗戦してしまった。

その後、周辺の小国に攻め込んで同じように属国としたギリガンは『我が国は天よりこの世界を統べる使命を受けた、聖なる国』と言い出して今では『光帝国』を名乗り、他国の王族を人質として軟禁しながら従わせている。

わたしも幼い頃の数年間を人質として彼の国で過ごしていた経験がある。

イスカリア国民のように精霊に愛されている者は、自然を操る精霊魔法を使うことができる。侵略紛いの事をしながらも、ギリガン光帝国が無法な振る舞いをしなかったのは、我が国の者が本気で怒ることを恐れていたためだろう。

万一、お父様やシュワルツ公爵のような大魔法使いが、超強力な魔法を連発しながらギリガンに突っ込んで行ったら、さすがの光帝国も無事では済まない事態になるからだ。魔法の種類によっては、王都が吹き飛んで跡形もなく消えるかもしれない。

ちなみに、ギリガン光帝国は武器を使った戦争を得意とする。魔力との馴染(なじ)みがあまりよくない、いわゆる『普通の人間』が多いからだ。普通の人間は精霊の力も使えないので、魔物の体内から採れる魔石を使って魔術というものを操り使っている。

というわけで、ギリガン光帝国はいかに自分達が優れているかなどと偉そうなことを言いながら、お山の大将として君臨してはいるものの、他国からの人質は丁寧に扱っていた。

そのため幼い時に人質を経験したわたしも悪い扱いはされなかった……のだと思う。どういうわけか、わたしの人質時代の記憶はぼんやりと霞(かす)んでいるのだ。

こうして均衡を保っていた世界情勢だったが、現在は困った事になっていた。

お山の大将のギリガン国王が体調を崩して、そのドラ息子の権力が強くなってしまったのだ。

「ギリガン国は、ご存知のように差別意識が大きな国で、元々エルフやドワーフ、獣人に対してあまり良い態度ではなかったのですが、王太子が政治に関わるようになってからは、迫害と言って良い程の暴挙を振るうようになり、彼らを奴隷扱いするようになりました。その結果、多種族が力を合わせた連合軍に攻め込まれて今回の戦争が起こりました」

「そうですわね……ギリガンの国王はまだ加減をわきまえていましたが、あのクズ王太子シャーズときたら！　あのクズがすべての元凶だわ」

「そうだな、奴はクズだ」

国王も同意する。

「そのクズ……王太子シャーズは、これまでもアラベル様に側室になるようにと気色の悪い要求をしてきましたが、ギリガン国王の諫(いさ)めもあり今までは拒絶することができました」

クズという事で三人の評価が一致した。

「ギリガン国王が、クズを止めてくれていたのですね」

「はい。ところが現在は国王が床につき、クズがやりたい放題をした挙句、この敗戦です。今回の要求についての奴の言い分は『穢(けが)れた亜人が王女を狙っているので保護したい』だそうです」

わたしは眉をひそめた。

「戯言(ざれごと)を！　亜人だなどとは失礼な。それに、穢れているのはあの変態王太子の方ですわ。どうせ、わたしのこの髪が目当てなのでしょう？」

「はい。『美しき薄紅の髪は、光の化身であるこの英雄シャーズの手にあって愛でられるべきだ』と、非常に気持ちの悪いことをほざいておりますね」

「まあ、なんて気持ちの悪い……」

「同意いたします」

シュワルツ公爵の端正な顔にも、隠しきれない嫌悪が浮かんだ。

「いやよ、絶対にあんなクズのところになんて行きたくありませんわ、アレだけはイヤ、本当にイヤ！」

わたしは淑女の仮面がすっかり剝がれてしまい、両腕で自分の身体を抱きしめて震えた。

そう、シャーズ王太子は、髪の毛に性的興奮を覚える変態なのである。緩みきったブヨブヨの巨体を持つ王太子は、女性の長い髪をちゅーちゅー吸ったり、食べたり、口に出すのも憚(はばか)るような所を縛ったりして快楽に浸るという、自国民からも嫌われる気持ちの悪い男なのだ。

そんな王太子が、侍女やメイドたちの努力で維持している艶やかで長い、薄紅の薔薇の花びらのような色をしたわたしの髪を見逃すはずがない。

変態王太子は今まで何度も、それはもうしつこく自分のものになるようにと連絡を寄越してうるさかったのだ。

「お父様、お母様にはこの事は？」

「まだ話しておらぬが……わたしから話す」

わたしの母、イスカリア国王妃オードリーは、身体中に激痛が走る謎の病に蝕まれている。苦しみを取り除くため、今は催眠作用のある薬湯を飲んで、うつらうつらして過ごしていた。

緑色がかった銀髪に翠玉のような瞳を持つお母様は大変な美姫なのだが、病に倒れてからは痩せ細り、今にも儚くなりそうな妖精じみた雰囲気になってしまった。

そんな妻の様子に、お父様も四人の子どもたちも心を痛めているのだが、国中の、いや、国を越えて治療者を集めても誰ひとりとして王妃の病を治せるものはいなかった。

病気のお母様に、余計な心配をかけたくない。

わたしは身勝手で横暴で周りの者をすべて見下すギリガンの王太子に、殺意にも似た苛立ちを感じてしまった。

顔を曇らせたお父様に「この話はもちろん断固として拒否する。だが……シャーズ王太子の言動はいささか常軌を逸しているようだ。しばらくは身辺に注意するように」と注意をされて、わたしは部屋へ下がった。

わたしは、王宮に引きこもっていれば安全だと考えていた。

『常軌を逸した変態』を、甘く見ていたのだ。

そして三日が経った。

季節の花々が咲く庭園の花を愛でて、精霊と話ができないか試みていたわたしは、その場にそぐわない男たちの姿を見て我が目を疑った。

「曲者！　曲者ですわ、誰か、誰かここへ！」

侍女のメリッサが叫んだが、男たちは動じない。

「これはこれは美しきアラベル王女殿下。お目にかかれて光栄だ」

大男が、どこか馬鹿にしたような口調で声をかけてきた。

「無礼者！　王女殿下に対してそのように気やすい口を聞くとは！」

「うるさいお嬢ちゃんだな」

失礼な大男は鼻で笑った。

メリッサはわたしを庇（かば）いながら、気丈にも男を睨（にら）みつける。

「……あなたはどなたですか？」

わたしはギリガン国の紋章が入った軍服を着ている男に尋ねた。

「はっ、噂に違わぬ美姫でいらっしゃるな。その髪色がまた、珍しくて美しい毛並みだ。なるほど、シャーズ殿下が執着されることはある、これは側で飼っていたくなるだろう」

わたしは内心で『ペット扱いとは重ね重ね失礼な』と腹を立てた。

「珍獣とはこの事か」

余計に酷い！

それにしても、あの変態王太子はろくな奴ではないと警戒はしていたけれど、まさか国の軍人を使ってわたしを拉致しに来るとは思わなかった。私用に軍を動かすとは……あの王太子は予想以上に頭がおかしいらしい。

「ここは立ち入りが禁止されている場所です。速やかにお引き取りくださいませ」

気の強い侍女のメリッサが毅然として言ったが、男は「ふん」と鼻を鳴らしただけであった。

精力的過ぎてなんだか気持ちが悪いほどの、全身を鎧に包んだ大男は、背後に三十人の兵士達を率いている。武力をもって無理矢理に王宮に押し入ったのだろう。

彼らは散歩中のわたしたちを取り囲んだ。

ゴツゴツした岩のような体格の男は、嫌味な笑いを含みながら告げた。

「俺はギリガン光帝国のグロート将軍、シャーズ王太子殿下直属の将軍だ。アラベル王女には我々と共に来てもらおう」

「無礼にも程がありますわ。それが一国の王女殿下に対する態度なのですか？　厳重に抗議申し上げます」

メリッサはわたしの前に立って「これ以上アラベル様に近寄りなさいますな！」と厳しく言った。

「侍女は引っ込んでいろと言っている。畏れ多くも光帝国の王太子殿下からのありがたき話であるぞ。そら、さっさと支度をしろ」

「そのお話は我が国の国王陛下がお断り申し上げましたはずですが」

動揺したわたしは震える声で断るが、グロートからの威圧を感じて倒れそうだ。

こういう筋肉は嫌いである。

筋肉はあくまでも鞭のようにしなやかであるべきで、ゴツゴツしすぎるのは駄目筋肉だ。

『ギリシーヤ神話論』の挿絵にある筋肉はもっと美しい。

「なにをしておるのだ、無礼者め！」

そこにやって来たのは、王家の近衛兵を引き連れたイスカリア国の王太子、ヴェンダールお兄様であった。我が国の近衛兵の登場を見てギリガンの兵士が怯んだ隙に、メリッサがわたしの腕を引っ張って兵士の輪から抜け出させてくれた。

「おや、王太子殿下にまでお出迎えいただけるとは、俺も偉くなったものだな」

薄笑いを浮かべるグロート将軍に、ヴェンダールお兄様は毅然とした態度で言った。

「我が国からきちんと使者を送ったはずだぞ。アラベルはギリガン国には行かせぬ」

「お兄様……」

近衛兵たちに守られながら、わたしははらはらしながら様子を見守る。

「我が国の王宮に兵士を連れて入るとは、我が国に宣戦布告をしているのか？」

「滅相もない！　我々はその身に危険が迫る美しきアラベル王女をお守りするためにここまで参ったのですぞ」

抗議するお兄様に対して両手のひらを上に向けながら、芝居がかった仕草でグロート将軍が笑った。これは他国の王太子に対する態度ではない。

イスカリア国はこれほどまでにギリガン光帝国になめられているのか……。

「王女の身は我が国の精鋭たちが守っている。ギリガンの手を借りる必要などない」

「ふむふむ……ずいぶんと自信がおありのようだが蛮族どもを甘く見ない方が良いかと思いますぞ。まあ、そういうことならば、側室になられる件については王女殿下が直接王太子殿下にお会いして、ご辞退されるとよろしかろう。だが、この話はアラベル王女殿下をお守りするために、慈悲深いシャーズ王太子殿下が親切に申し出たものですぞ？　将軍であるわたしがこのように、わざわざ迎えにまでやって来たのだから、光栄に思っていただきたいものですな」

王太子直属の軍団長グロートは、馬鹿にするように鼻を鳴らした。

この将軍は豚並みに鼻を鳴らす男だ。

豚の方がずっと可愛いけれど。

わたしは鼻の穴に棘のついた木の枝を突っ込んでやりたい気持ちを抑えた。

「黙れ！　よくもそのような事をぬけぬけと言えたものだな！　我が妹は側室になるような姫ではない！」

お兄様が強い口調で言うと、周りで魔力が渦巻いた。

「むむっ」

シャーズ王太子の威光を笠にした不遜な男であるが、ヴェンダールお兄様の濃いブルーの髪が風もないのに揺らいだ様子を見ると一歩後ろに下がった。

お兄様のお怒りを感じた精霊たちが、グロート将軍を敵とみなして騒ぎ始めたようだ。気温が急速に下がっていくのがわかる。

さすがのグロートも、精霊魔法で氷漬けにされて帰国したいとは思っていないようで、少し口調を変えてきた。

「ヴェンダール殿下、落ち着いてお考えください。我がギリガン光帝国の寛大なシャーズ王太子殿下は、無理強いはしないとおっしゃっている。ただ、辞退するならばアラベル王女の口からその意思を聞きたいとの事だ。よって、丁重にお連れ致す。……あちらを見るがいい、王太子殿下の誠意の表れとして、今回は特別に、我が国に滞在されていたエドワード第二王子殿下をお里帰りとしてお連れしたのだぞ」

「エドワードを？」

わたしは人質になってギリガン国にいるはずの弟王子の名を聞いて、目を見開いた。

「そら」

グロートの合図で、まだ幼い男の子が兵士に伴われて現れた。まだ齢八歳の弟、エドワード第二王子だ。

「兄上、姉上！」

水色の髪に青い目をしたまだまだ両親が恋しい年齢の王子は、駆け出したい気持ちをぐっと堪えながら、わたしたちに向かって小さく手を振った。泣きそうな表情をしているのが見える。

彼の両肩は兵士に押さえられているため、その場から動けない。

「ああ、エドワード……エドワードを取り引き材料にするなんて……なんて卑怯なやり口でしょう」

グロート将軍はにやりと笑った。

「親切だと言って欲しいものですな。アラベル王女殿下が我が国にご訪問の間は、エドワード第二王子殿下にはイスカリアで寛いでいただこうというシャーズ王太子殿下の温情でありますぞ。王女殿下が是とおっしゃるならば、このままエドワード王子殿下には里帰りしていただくつもりだったのだが……ふふん」

グロート将軍はお兄様に対して完全に上から目線の表情になっている。

なんという嫌な男だろう。

わたしが断ったら、エドワードは再び馬車に押し込まれて、お父様にも、病床のお母様にも会えずにギリガン国に戻されるのだろう。

「……承知致しました。シャーズ王太子殿下に直接お会いして、お断りを申し上げますわ」

「アラベル！　やめなさい！」

お兄様は怖い顔をするけれど、可愛い弟のあの顔を見たら断ることなどできない。

幼い弟を少しの間でも家族の元に居させてやりたい。お身体の調子がすぐれないお母様だって、いつもエドワードの事を心配なさっているのだ。

わたしはお兄様に決心を告げた。

「シャーズ王太子殿下にはっきりとお断りをして、戻ってまいりますわ。大丈夫、あちらも滅多な事はできないはずですから」

敗戦して間もない今、イスカリア国を相手に事を構える余裕はないはずだ。

「しかし……」

「ふん、最初から素直に受け入れれば良いものを、手間をかけさせおって」

グロートは冷たい目でわたしを見ながら吐き捨てるように言った。

ここで我が国に無理強いをしたら、今度はイスカリア国との間に戦争が起きかねない。ギリガン国側も、連合軍との敗戦で国力が弱った今は余裕がなく、これ以上の争いは避けたい。だからこそ、こちらを説得するために大切な人質であるエドワードを帰国させたのだ。

ギリガン国は現在、薄っぺらな張りぼての帝国であろう。

「それでは、半刻待つから荷物をまとめろ。侍女をひとりつけることを許す」

メリッサを見ると、彼女は怒りに燃える瞳をしながら「お供いたします」と頷いた。

半刻などという短時間で王女の旅支度を整えよとは、不敬極まる。あまりにも不遜な態度のグロート将軍だが、悶着を起こすと国同士の問題になってしまう。

わたしは抗議しようとするお兄様を「このような輩には何を言っても無駄ですわ。時間がないので荷造りしてまいります」ととどめて、自室へと向かった。

両親に慌しく別れを告げて、わたしは用意された我が国の馬車に乗った。軍の馬車は貴婦人が乗るにはふさわしくないのだ。

「国境を越えたら、迎えに来ているギリガン光帝国の馬車に乗りかえろ」

やたらと偉そうなグロート将軍が、また鼻を鳴らした。

ええい、豚将軍め！

侍女のメリッサは、馬車の中に乗り込んでからも静かに怒りを募らせた。

「アラベル様の事は、この命に代えてもお守りいたしますわ」

忠実な侍女が怯(おび)えを見せない様子にわたしは心強く思ったが、メリッサの手を取って
「あなたの命もわたしのものと同じように大切なのよ。決して無理はしないと約束して頂戴な」と、自分を粗末にしない事を誓わせた。

わたしがシャーズ王太子の所有物だと認識しているせいか、兵士たちはわたしたちを丁寧に扱った。王太子のものに手を出したりしたら、その親子兄弟諸共、恐ろしい拷問の末なぶり殺しにされるのだ。

こうしてギリガンに向かう一行は、国内外の貴族の屋敷に泊まりながら二十日間程の旅を急ぎ、やがて王宮に到着した。

第二章　邪悪な王太子

「アラベル王女殿下のご到着です！」

「ご到着です！」

「ごとうちゃくうううーっ！」

「よかった、これで娘たちは助かった……」

ギリガン国の王宮の前に馬車が着くと、中から現れた大勢の人たちに取り囲まれた。

「なんなのかしら、この騒ぎは？」

馬車の中でわたしはメリッサの腕にしがみついた。

あまりの驚きで淑女の作法などどこかへ飛んで行ってしまったわたしは「ちょっ、やだっ、こわっ」と悲鳴のような声を出した。

「ねえメリッサ、怖いから馬車から降りたくないわ」

「そういうわけにもまいりません。けれど、この歓迎ぶりは異常ですわね……」

「なんだか身の危険を感じるのだけれど」

馬車の扉が外から開けられ、突き刺さるような視線を浴びながら降りたわたしとメリッサは、異常に熱狂する人々に取り巻かれて王宮内へと連れて行かれた。

様子がおかしい。

わたしは歓迎されているらしいが、王太子の側室候補にされた他国の王女を迎えるにしては大騒ぎ過ぎるし、人々の表情に狂気のようなものを感じる。

「ようこそいらっしゃいました。王太子殿下がお待ちでございますよ」

やたらとご機嫌な女性がわたしを王宮の二階へと連れて行こうとすると、メリッサが「お待ちくださいませ」と前に立ち塞がった。

「アラベル様は旅行で大変お疲れでございます。まずはお部屋に案内してください」

「いいえ、どうぞ殿下にお顔をお見せくださいませ」

「身支度を整えなければ失礼でございましょう」

「いえいえ、王女殿下は充分にお綺麗でございますわ。そのままでよろしいですから、さ、さ、こちらへどうぞ」

女性たちに取り巻かれて無理矢理に連れて行かれ、わたしはメリッサと離れてしまった。

「アラベル様ーっ！」

「お付きの方は、お荷物をお部屋にお納めくださいませ」

メリッサは、拘束されているかのように押しとどめられている。高位貴族の令嬢にあのように触れるだなんて、マナー違反も甚だしい。

「荷物など後でよろしいでしょう、離しなさい！　無礼ですよ、この手を離しなさい！」

ひとりの女性が、金属の輪をメリッサの首元に近づけた。

「駄目ーっ、メリッサ！」

わたしは悲鳴をあげた。

嘘でしょ、信じられない、メリッサの首に魔法封じの輪が嵌められたわ！

「ああっ、なにをするのですか！」

さすがのメリッサも、これには冷静ではいられない。両手で輪をつかみ顔面蒼白になっている。

「メリッサ！　メリッサになにをするの、あの輪を外しなさい、イスカリア国の貴族の令嬢にこのような振る舞いをして許されるとお思いですか！　メリッサーッ！」

わたしの腕をたくさんの手がつかみ、メリッサの元へと行かせてくれない。

これではまるで、罪を犯した者を連行するようだ。

「わたしをイスカリア国の王女とわかってのこの狼藉ですか？　離しなさい、お離し！無礼者！」

「王女殿下、どうぞ落ち着きくださいませ、我が国の偉大なる王太子殿下よりの思し召しでございますよ」

これはおかしい。

罪人扱いというよりも……生け贄のよう？

そこへ、嫌な笑みを浮かべた大男が近寄ってきた。

「アラベル王女殿下は旅で脚を痛められたご様子、失礼ながら私がお運び申しあげましょう」

「きゃあっ！」

それらしいことを言いながら、失礼千万にもわたしを俵担ぎしたのは、無駄筋肉将軍のグロートだ。

「おろしなさい！　無礼者！」

暴れると鎧が当たって痛くてしょうがない。

腕に覚えのある侍女であるメリッサが、兵士たちに囲まれて戦っている姿が見えた。魔法さえ使えたらあんな兵士たちなどあっという間に倒してしまうのに……いや、ここで大暴れして皆殺しにしてしまったらメリッサの立場が大変悪くなってしまう。と考えると、魔法を封じられてむしろよかったのだろうか。

グロート将軍に抵抗してもまったく通じないので、体力を温存するためにおとなしくしていると、そのまま王宮の二階にある一室へと連れて行かれてしまった。

「ようこそアラベル王女。これで君はわたしのものだねえ……」

部屋の入り口に立ってわたしを出迎え、ぐふぐふ笑うのは、弛(ゆる)んだだらしない身体つきのシャーズ王太子だ。

「……シャーズ王太子？」

わたしは彼の姿をまじまじと見た。

不摂生をして怠惰な生活を送っているので、もともと豚とヒキガエルを足して二で割り二本足歩行をさせたような感じの男だったが……この王太子はここまで醜かっただろうか？　最後に見た時には、確かに変態だけど、人間の範疇には入っていたのに。

「そら、わたしの寝台におろせ」

「了解しました」

絢爛豪華だけど統一性がなく、結果として下品な雰囲気の部屋に、わたしを担いだグロート将軍がずかずかと入り込んで進み、奥の寝室にあるベッドに手荒く下ろした。

「このような扱いに対して、断固として抗議いたします……わ……」

ベッドの上に起き上がったわたしは、部屋の異常な雰囲気に気づいた。

すべての壁が、長い髪の毛で覆われているのだ。様々な色の持ち主を失った髪の毛が、天井近くからぶら下げられている。

「なに……これ……」

「美しいだろう。わたしの可愛いコレクションたちだよ」

笑うと肉に埋もれて目がなくなるシャーズ王太子は、気持ちの悪い笑みを浮かべながら近づいてくる。

「俺はこれで失礼するので、殿下はたっぷりとお楽しみください」

「ふひひひ、ご苦労」

半分くらい人間をやめている王太子が、変な声で笑った。

「待ちかねておったぞ、美しいアラベル王女」

「お断りします！　すべてお断りします！」

ベッドから下りたわたしの腕をシャーズ王太子がつかんだ。

「逃さぬぞ。そなたはわたしに可愛がられてから、その長くて艶やかな髪と汚れなき魂を邪神ギランパテホク様のために捧げる運命なのだ」

「邪神ギラギラ……ギラパッテックッホですって？」

「全然違う！　不敬な奴め！」

「変な名前なのが悪いと思います」

「ぐぬぬぬぬ」

シャーズ王太子は顔を真っ赤にして唸った。

「大いなる力の持ち主である邪神様は、やんごとなき乙女の髪と魂を欲しておいでであ、普通の若い娘では全然乾きが収まらないそうなのだ……邪神様の役に立ててよかったなあ、光栄に思うがよいぞ」

この王太子はなにを言っているの？

普通の若い娘では……そういえば、先ほどの人々の中には若い娘はひとりもいなかった……まさか、皆、邪神とやらの生け贄にされてしまったの？

「お前は亜人に目をつけられたようだが、その前にわたしのものにしてやろう」

「きゃあっ」

荒っぽくベッドに投げられ旅行用のドレスの胸元を引きちぎられて、わたしは悲鳴をあげた。横たわるわたしに、目をギラギラさせた王太子がのしかかる。

「わたしの精をたっぷりと注ぎ込みながら、その髪で縊(くび)り殺してやろう。長く苦しむほど邪神様がお喜びになるからな、じっくりと時間をかけて、魂に恐怖と苦痛を刻み込んでやろう」

「いやあああああーっ！　変態！　離して！」

このままでは殺されてしまう。

しかも、汚され拷問を受けながら殺されて、変な名前の邪神に魂を奪われてしまうのだ。

「誰か、助けてーっ！」

首を左右に振って、唇を奪おうとする王太子から逃げながら、わたしは必死に叫んだ。

「王太子の私室に誰も来ることはできぬ。股を開き、泣き喚きながら犯されろ、ふひひひひーひっ？」

王太子の笑い声が止まった。

そして、目の前からシャーズが消えて、ベッドの脇に重いものが落ちる音がした。

「はい、お待たせね」

「いっ、いやあーっ！」

わたしの目の前には、新たな変態……変な人物が立っていた。

「だれっ、今度は誰なの？」

わたしは露わになった胸元を隠しながら、半泣きで叫んだ。

「まさか、邪神ギッガガッテッホック？」

「え？　なにそれ」

頭に毛糸で編んだ帽子をかぶって髪を隠し、顔を全部隠すキラキラした高価そうな仮面をかぶったひょろっとした背の高い男（凹凸がないからたぶん、男）は「決して怪しいものではありません、わたしは王女様を救いに来た正義の味方ですよー」と、大変胡散臭い名乗りをあげた。

「こんにちは、アラベルちゃん。君にはうちの国の将軍のお嫁さんになってもらいたいから、お兄さんがお迎えに来たよ、さあ、エルフの国にしゅっぱーつ！」

「は？　エルフ？」

声に合わせて両手を上げた男から、金色の魔力がわたしに降り注いだ。

わたしはどこからか現れた緑色の蔓に全身をぐるぐる巻きにされた。そして「うん、とても綺麗にくるくるできたよ！」と喜ぶ変な男にそのまま窓から投げられた。

「いやあああああーっ、なにこれ、もう、もういやあーっ！」

この国は、王女の扱いが酷すぎるわ！

緑色のやたらと元気な蔦でぐるぐる巻きのわたしは宙を飛んだ。そのまま墜落し地面に激突して、とうとう天に召されてしまうのかと思って目をつぶっていたら、ふわりとした感触で止まり、目を開けると人の背丈くらいの場所で浮かんでいた。

「あら……浮遊の魔法が使われていたのね」

わたしは低い声で呟いた。

人間は、恐怖の限界を超えると怖いと表現できなくなるらしい。

「地面に叩きつけられて人生が終わるのかと思ったけど助かったわ。顔とかぐちゃぐちゃになったら、お父様やお母様やお兄様や可愛いエドワードが遺体を見てトラウマになっちゃうもの、危ないところだったわね」

ほっとして呟く。

「で、わたしは結局どんな風に殺されるのかしら？　なるべく痛みを感じない方法にしてくださらないこと？　恐怖に歪んだ顔で死ぬと、やっぱりお父様やお母様や……」

「なんで殺される設定にしてるのかな。アラベルちゃんは、わたしをなんだと思ってるの？　わたしはとてもよいお兄さんで、アラベルちゃんを助けに来たんだってば」

すぐ横で声がしたので、ビクッとしてそっちを見る。

よいお兄さん……には見えない。毛糸帽子に仮面姿が怖い。

すらりとした体型で、着ているものも上質な服なんだけど、髪の毛を仕舞い込んですっぽりかぶった帽子と、木目がちょっといい感じだが彫り方が下手で余計恐ろしげに見える、光る石が散りばめられた仮面で台無しだ。

やっぱりこの人は変質者よね。

それ以外の可能性はあるかしら？

宙に浮かび、仮面の奥の瞳を見つめていると、自称『よいお兄さん』は「あっ、駄目駄目、わたしに惚れたらいけないよ。君はうちの将軍のお嫁さんになるの。わたしの弟なんだけど、これがまたいい男なんだよねー」とへらへら笑った。

誰が惚れるか！

とそこで、メリッサの声がした。

「アラベル様ーッ！　ご無事ですか⁇　もうっ、これ取れないわ」

首の輪をガタガタと揺すりながら、メリッサが駆けてきた。

「王宮内が大騒ぎになって、アラベル様が消えたって言っているから心配しましたわ」

「ごめんなさい、メリッサ。わたしはとりあえず無傷よ。あなたは無事？」

「はい、この忌々しい首輪以外には問題ありません。それにしても……」

メリッサはひょろりとした帽子仮面男を見て「新たな変態の登場とは、この国は一体どうなっているのでございましょうか？」と直球を投げてきた。

「お嬢さん、可愛いのに言うことが酷いね」

メリッサは帽子仮面男をキリッと睨みつけて「うら若き淑女をこのような姿にしておいて、どのような言い訳ができるのでございましょうか？」と、蔓に巻かれたわたしを庇うように抱き寄せた。

「おいたわしいことです、今お助け申し上げますわね……ナイフがあれば……んんーっ、固くてほどけないわ」

頭と足先を蔦から出して横向きの姿勢で浮かんでいるわたしにすがりつき、えいえいと蔦を解こうとしている。

とうとう足も出た。踏ん張って蔓を引っ張っている。無理とわかると歯を立ててかじろうとした。

忠実な侍女は、全身を使って蔦を引き剝がそうとしている。

メリッサったら、勇ましいわ！

でも、真珠のような歯を痛めないか心配よ。

「嫌だなあ、わたしは変態じゃないよ、シャーズ王太子と一緒にしないでね。なかなか大胆なことをするお嬢さん、君はアラベルちゃんの味方なのかな？」

毛糸の帽子に仮面をかぶった怪しい男が、腰に両手を当ててメリッサに尋ねた。

「もちろんですわ！　そら、もうちょっとアラベル様から離れなさい！」

「わあ、こわーい」

ひょろっとした変態男は、棒読みで言った。

なんだか気が抜ける雰囲気をしているけれど、彼は拘束魔法に浮遊魔法を操る大変な魔法使いなので、油断はできない。

「メリッサはわたしの大切な侍女ですわ。ですから、この女性には変なことをしないでって、ああああーっ、やめて、しないでくださいって言っているのに、なにをするんですか！」

「きゃあああああーっ、無体な真似を！　許しませんよ！」

わたしの隣に、ぐるぐる巻きにされたメリッサが浮かんでいた。

ぐるぐる巻きが二本、仲良く並んだ。

「この不埒者！　わかりました、わたしはどうなってもいいのです、お好きになさいませ。けれど、アラベル様は離してください」

「駄目よメリッサ、わたしのために犠牲になろうと考えないで頂戴！　メリッサを離してくださいませ！　わたしだけに用があるのでしょう、この人には手を出さないで！」

「アラベル様をお助けできるならば、この身はどうなってもかまいませんわ」

「そんなことを言っては駄目よ、あなただけでも逃げて頂戴！」

「アラベル様！」

「メリッサ！」

わたしたちは必死でもがきながら、本気で言っているというのに、帽子仮面男はこてっと首を傾げて人差し指を振った。

「あのね、すごく仲良しなのはわかった。んで、美人さんがふたりで盛り上がっているところを悪いんだけど、ちゃんと聞いてね。わたしは正義の味方なんだよ。せ、い、ぎ、の、み、か、た、わかる？　わたしがふたりをここから助けてあげるから、ちょっとおとなしくしていましょうね」

「たわけたことを！　これが正義の味方のすることですか！　あなたは間違っています！

王女殿下を自由になさい！」

メリッサが顔を真っ赤にして抗議する。

確かに、ぐるぐる巻きにしておきながら正義の味方を名乗られても説得力がない。

「えー、だってー、わたしはこの通り非力だからねー。あなたたちがいくら可愛くて美人さんでも、ふたりを担いではいけないんだよ。わたしだって担げるものなら担ぎたいよ、こんなに魅力的な可愛こちゃんを抱っこできるなんて役得だもの」

「な、なにを、言っているのですか」

「そうですわ、こんな　非道なことをしておいて……」

「イスカリア国の令嬢って、みんな美人揃いなの？」

さりげなく褒めても駄目なのですよ。

帽子仮面男のくせに、社交上手な貴公子みたいなことを言いますね。

「あのね、アラベルちゃんはシャーズ王太子に直接会って、あの男の頭が完全にイっちゃってるのに気がついたでしょ」

帽子仮面が怪しい謎の大魔法使い（植物を巧みに操り浮遊の術を使える、これほどの魔法を見るのは初めてだ）は、少し真面目な声になって言った。

「……はい」

わたしは王太子の言動と異様な部屋を思い出して身震いした。

「彼はかなり危険だと思うよ。命が惜しければすぐに逃げた方がいいからわたしが手伝ってあげる」

方法に若干……かなり問題があるものの、彼がわたしをシャーズ王太子の魔の手から救ってくれたのは事実なのだ。

わたしは開き直って、自称正義の味方の男性を頼ることにした。

「……はい。よろしくお願いいたします」

「王女殿下のお心に従います」

メリッサも、いろいろ思うところはありそうだが、シャーズ王太子と仮面帽子男を比べたら、まだこちらの方がましだと判断したようで、いったん開いた口を閉じて頷いた。

「うん、いい子だね。わたしに任せなさい。で、他にはなにか持って行きたいものはある？」

「持って行きたいものは……ああっ、わたしの荷物を、あの、馬車の横に放置されているアレをお願いいたします！」

大変だわ、あの中にはわたしの宝物である『ギリシーヤ神話論』の本が入っているの！貴重で高価な奇書だけど、世界一大切にできるのはわたしだから、うちから持ってきちゃった、うふ。

筋肉は心の支え。

わたしの生きる糧。

「お願いいたします！　あの荷物をお願いいたします！」

る。

「わあ」

わたしが顔を思いきり謎の魔法使いの方に寄せて連呼すると、彼はのけぞった。

「すごい迫力でお兄さん驚いちゃった。とても大事なんだね、わかったよ」

わたしが持ってきたいくつかある荷物に蔦が繰り出されて巻きつき、大事な大事な本の入った旅行鞄（かばん）もこちらに引き寄せられた。そして、わたしたちのようにぐるぐる巻きにな
る。

非力な帽子男には持てないからだろう。

彼はもう少し筋肉を鍛えた方がいいと思うので、彼の言葉通りにわたしたちの味方であるならば、後でアドバイスしてあげようと思う。

「さあ、追手が来る前に行こうね」

振り向くと、グロート将軍とその手下がものすごい形相でこちらに駆けてくるところだった。

謎の魔法使いは「よし、走るぞー、ってわたしだけだけど！　わたし、ファイトー」と軽やかに走り出した。筋肉はないけれど、とても身軽だ。

行き先は王宮の庭園の木立のようだ。あの陰に馬車でも用意してあるのだろうか。

ぐるぐる巻き三つ（わたし、メリッサ、荷物の塊）も浮いたまま彼を追いかける。浮遊は安定しているから、飛び心地（？）は悪くないし、とても楽をさせてもらっている。

わたしは帽子仮面男に少し好感を抱いた。

「帰り道はこちらだよ」

なんと、一本の木の幹に緑色に光る歪んだ空間ができていた。

「え、あれはなんですか、まさかあの変な中に……」

「エルフの国の安全なところに飛びまーす。じゃあ、最初にアラベルちゃん、侍女ちゃん、荷物ちゃんっと！」

「きゃあああああーッ！」

「いやああああーッ！」

彼はぽいぽいぽいっと蔦に巻かれたわたしたちをその中に放り込み、最後に自分も飛び込んだ。

ねえ、転移魔法って、とても危険だって聞いてるんですけど！

第三章　婚約者は筋肉将軍

「……メリッサ、無事？」

「なんとか生きておりますが……気分が最悪です……」

「わたしもよ……」

「はい、とうちゃーく！」とキメポーズをとる帽子仮面男を横目で見ながら、蔓に巻かれたわたしたちはぐったりと頭を落とした。空間を転移するのは、例えるなら回転しながら高い塔から落下するようなものなのだ。

あと、この魔法に失敗すると、岩とか木に身体がめり込んで、とてもグロテスクな感じの死を迎えると言われている。

成功して本当に良かった。

でも、すごく気持ちが悪い……。

「お嬢様方、お疲れさまでした！」

魔法使いは元気いっぱいだ。転移に慣れているのだろう。

精神的にも肉体的にもダメージを受けたわたしたちは、ようやく蔓から解放されるとその場に崩れ落ちそうになる。膝をつかずに堪えたのは、貴婦人としての矜持だ。

高位貴族の令嬢も王家の姫も、生まれた時からいろいろ鍛えられているのだ。

それでも吐き気が辛いし膝がガクガクするので、わたしたちは手を取り合い支えあった。

そして、ようやく辺りを見回す気力が出てきて……呆然とした。

「……ここは……こういう場所を、わたし、よく知っているわ」

メリッサを見ると、彼女も広い空間を見回しながら頷いた。

「はい、わたしも存じております。ここはもしや、どこかの国の王宮の一部なのでしょうか？」

王宮は他国からのお客様をお招きすることが多いため、その国を代表する最高級の資材を集めた、豪華で質の良い建築物なのだ。床材からもう違っている。

そして、王族や貴族が集まるその独特の雰囲気がこの場から感じられる。

「変態さんはなぜ、わたしたちをここに連れてきたのかしらね。ここはどこの王宮かしら？　わたしは来たことがないわ」

「さっきあの人が『エルフの国』って言ってましたよね？」

「当たりでーす。ここはエルフの国アールガルドの王宮の大広間です。舞踏会なんかが開かれる場所だよ。あと、わたしは変態さんではありません」

謎の変態魔法使いは、毛糸の帽子を脱ぎながら言った。すると、背中の中ほどまでかかる長くて真っ直ぐな金髪が現れた。シャーズ王太子に狙われそうなほどの、金糸のように美しいサラサラ髪だ。

　次に変な仮面を外そうとしているようだが、手こずっている。

「そうですか、エルフの国アールガルド……初めて訪問いたしました。とても素敵なシャンデリアがありますね。壁画も素敵ですわ……あっ」

　笑みを浮かべながら、わたしの身体が傾いた。

「アラベル様、しっかりなさってくださいませ！」

「駄目よ、もう力が出ないわ」

　長旅の後に変態王太子に乱暴な扱いを受けて、殺されそうになった挙句、ぐるぐる巻きにされて空間転移をしたのだ。いくら気丈に振る舞っていても、もう身体が持たなくなっていた。

　メリッサが支えてくれようとしたが、彼女のダメージもかなり大きかったので、結局わたしたちは仲良く寄り添いながら床に座り込んでしまった。

　と、そこへ、銀の巻き毛が美しい美少女が駆け込んできた。背がわたしよりも頭ひとつ分低いから、十二、三歳くらいだろうか。

　彼女は丸い薄紅の瞳をさらにまん丸にして、仮面を外そうと奮闘する魔法使いに言った。

「ウォルティス、ようやく見つけたわ！　あなたったら、こんなところでなにをしているの？　急に姿を消したりするから王宮が大騒ぎになっているのよ」

「わあ、ごめんねアリスちゃん！　わたしは浮気をしていたわけじゃないからね」

「当たり前でしょ！」

美少女……水色の、膝丈のドレスにロングブーツを履き、虹色に輝く巨大なハンマーを担いだ、見るからに戦闘力の高そうな美少女は……え、ハンマー？

なぜ、ハンマー？

しかも、美少女の背丈ほどもある、ものすごく巨大なハンマーって？

「で、こちらはどなたかしら？」

美少女アリスちゃんは、胡散臭げにわたしたちを見る。肩で巻き毛が揺れて輝き、文句なしの美少女なんだけど、軽々と持ったハンマーの存在感がありすぎる。

「あ、このお姫様たちはね、うちの将軍のお嫁さんとその侍女ちゃんだよ」

「お嫁さん？　アルウィンの政略結婚の相手？」

「うん」

ハンマーをどん！とおろして、アリスちゃんは「……なるほど、この方がイスカリア国の『ピンク色の髪のお姫様』なのね。アルウィンへの褒賞として人間の国から連れてくるって言ってた、あのお姫様か……ふうん、なかなか可愛らしいじゃない。でも、国王のあなたが直接連れてくるなんて話は聞いていないけど」と、最後はちょっと怖い感じで言った。

「こ、国王ですって？」

わたしは仮面と格闘している魔法使いをまじまじと見た。

よく見ると、彼の額にはハンマーと同じく虹色に輝くサークレットがはまっているのがわかる。あれは確か、エルフの国王が身につけるものだ。

彼を散々変態呼ばわりしたわたしとメリッサは、顔を見合わせて肩をすくめた。

エルフの国王の青い瞳はわたしたちを見て、いかにも純粋そうににこりと笑い（こういうところが胡散臭いのだ）可愛いアリスちゃんに言った。

「わたしが転移して連れてくるのが一番早かったからね。でも、それは正解だったよ、アラベルちゃんは、横入りしようとするあの気持ち悪い王太子にパクッと食べられちゃうところだったんだからね。まさに危機一髪だった」

「あら……それじゃあ仕方ないわね。あの気色の悪い豚ヒキガエル、いつかハンマーで潰してやりたいと思っていたんだけど」

「わたしが花瓶で殴って潰してきたよ。非力なわたしにしてはがんばって、すごくいい音をさせて殴ったから、あとで褒めてね……ねえ、アリスちゃん、仮面の紐が解けないよー」

エルフの国王ウォルティスは、しゃがみ込んで「アリスちゃん、取ってー」と甘え声を出した。

このふたりの関係はなんなのだろうか。

「見せなさい……あらまあ、これはまたぎっちぎちに結んだわね」

「顔がバレるとあとで困るから、絶対に取れないように固くしたんだよ」

「限度というものがあるわよ……髪の毛を少しむしってもいいかしら」

「駄目！　やめて！　髪じゃなくて紐を切ろうよ」

「じゃあ、これで」

アリスちゃんは、スカートの中に手を入れると、大熊もかっさばけそうな、とびきり切れ味が良さそうで、女の子が扱うには凶悪すぎるナイフを取り出した。

それを見たウォルティス国王は、床の上にお尻をつけてじりじりと後ろに下がる。

「やめてアリスちゃん、怖いから！　もっと可愛い、小さなハサミとかはないの？」

「ハサミじゃ敵を倒せないから持ち歩いてないの」

……ううん、アリスちゃん、何者なんだろう。

幸いアリスちゃんは刃物の扱いが得意なようで、エルフの美しい金髪を犠牲にしないで、仮面が無事に外れた。

あらわれたのは、ブルーの瞳が美しい中性的な美貌だったが、散々な目にあったわたしとメリッサはうっとりと見惚（みと）れることはまったくなかった。

美形の変態。

それがわたしたちの結論だ。

「さすがのわたしもちょっと魔力を使いすぎたから、世界樹に癒されてくるね。アリスちゃんはアルウィンにお嫁さんを渡しておいて」

「わたしに丸投げなの？　まったくあなたって人は……」

「よろしくねー」

無責任な国王が、手をひらひらと振りながら大広間から出ていった。

ちょっとふらついている。あれだけの大魔法をひとりで使ったので、さすがに身体にこたえたのだろう。

アリスちゃんはため息をつくと、床に座り込んでいるわたしたちの脇にしゃがんで言った。

「うちの夫がごめんなさいね。どうしてここに連れてこられたのか、説明なんていうものは……」

上目遣いが可愛いアリスちゃんに、わたしは悲しげに答えた。

「まったくされておりませんの」

「やっぱりね」

えっ、あれ、今、夫って言ったわよね？

アリスちゃんと結婚しているの？

やっぱりあの魔法使いは変態ロリコン国王ってこと？

頭の中でそんなことを考えながら、わたしはアリスちゃんに「突然お邪魔をしてしまい、申し訳ございません。状況を教えてくださると助かりますわ」と微笑みかけた。

「わたしは大槌使いのアリス。今はウォルティスと結婚してこの国の王妃をやっているわ」

「大槌使い？」

わたしが輝くハンマーを見ると、彼女は頷いた。

「ええ、これがわたしの武器なの。それにしても……」

アリスちゃんはわたしの頬に触れて言った。

「アラベルちゃん、あなた、顔色が真っ青よ。よほど恐ろしい思いをしたのね、かわいそうに……」

アリスちゃんは、メリッサにも声をかけた。

「あなたはお姫様付きの侍女なのよね。体調はいかが？」

「転移魔法で少々気分を乱しましたが、もう落ち着きました。ありがとうございます」

メリッサは丁寧な口調で答えて、頭を低くした。アリスちゃんは見た目はまだ幼いけれど王妃ということなので、一国の王妃に対する敬意を払っているのだ。

「それでは、うちの使用人と一緒にお姫様の部屋の支度を手伝ってもらえる？　無理はしなくていいから」

「はい、お整え申し上げます」

メリッサは、蔓から解放されて転がっている荷物をちらりと見て「お見苦しくて申し訳ございません」と言った。

「あら、そんなに堅苦しくしなくていいわよ。とりあえず、アラベルちゃんを休ませましょう。酷く参っているみたいね、かわいそうに。王弟である、うちのアルウィン将軍との結婚話は聞いているかしら。我がアールガルド国とアラベルちゃんのイスカリア国との間に婚姻を結んで、これから国同士仲良くなりましょうっていう話なんだけど……あら、知らないのね。やっぱりギリガン国にもみ消されていたか……あの豚ヒキガエルめ……」

アリスちゃんは、怒ると怖い。

「義姉上！」

大広間に新たな人物が入って来た。

「兄上が見つかったと……え？　ベル？」

「……『ギリシーヤ神話論』……の中の人？」

わたしたちは、互いに見つめあった。

「ベル……イスカリア国のアラベル王女が、なぜここに？」

「完璧な筋肉だわ……素晴らしい……現実に飛び出してくるなんて……夢みたい」

『ギリシーヤ神話論』の挿し絵に描かれたような、引き締まった美しい筋肉に身を包んだ背の高い若い男性にわたしは目を奪われ、素晴らしい出逢(であ)いをくださった筋肉の神に感謝を捧げた。

彼は国王と同じようなサラサラの金髪を肩くらいに伸ばして、顔の左側は伸ばした前髪で隠している。頬にかけて酷い傷跡があって、左目には黒い眼帯がつけられているのが見える。

整った顔つきの殿方で、まだ二十歳そこそことお見受けする若さなのに、お気の毒なことである。

でも……その眼帯すら、彼の精悍(せいかん)さを底上げして、『眼帯筋肉』としていっそうカッコ

よく見えてしまうわたしは……心の冷たい女なのかしら？

「アルウィン、このお姫様はね、あなたのお嫁さんよ」

「……え？」

美しき筋肉男性は『聞いてないが？』という表情でアリスちゃんを見た。

わたしも『ななななな、なんと、この素晴らしき筋肉の主がわたしの婚約者に？』とアリスちゃんを見た。

「もう、本当にあの人ったら！　たぶんアルウィンへのサプライズプレゼントのつもりなんだわ。でも今はそれよりも……アルウィン、アラベルちゃんをあなたの部屋に連れて行って、休ませてあげて頂戴。突然いらしたから、まだお部屋の準備ができていないのよ」

「え」

「え」

わたしと男性……王弟にしてアールガルド国の将軍閣下であるアルウィン様は、目を点にしてお互いの顔を見て……。

そんな、大胆な！

どうしましょう、いきなり、そんな、いくら政略結婚だと言っても物事には順序というものがっ！

「うっ……」

しまった、興奮しすぎてしまった。

「アラベル様！」

わたしは目をつぶって、メリッサに身体を預けた。

どうしよう、段々不調が酷くなってくるわ。

でも、仕方がないの。

『ギリシーヤ神話論』から抜け出してきたような、わたしの好みが具現化した男性が結婚の相手だと知ったら、びっくり仰天して、健康な身体でもその場で失神してしまうわ。

「申し訳ございません、王妃陛下」

「あら、あなたが謝る必要はなくてよ。こうなったのもうちの人のせいだし……アルウィンはアラベルちゃんの婚約者になるのだから、責任を取りつつしっかり面倒を見るのですよ」

「義姉上、しかし」

「あなたのその立派な腕はなんのためにあるの？　お嫁さんを守るためでしょう。さあ、服が乱れているから上着をかけて差し上げなさい」

「それは気が回らず、申し訳ない」

素晴らしい筋肉の持ち主は、上着を脱ぐと、シャーズ王太子にドレスの胸元を破られたわたしを心配そうな顔でくるんでくれた。

大きい。あったかい。あと、この男性は優しい。

そして彼は、その、立派な筋肉を惜しげもなく使ってわたしを抱き上げた。

抱き上げたのだ！

わたしは筋肉と密着した！！！

ひゃあああああーっ！

神様、ありがとうございます！

「すぐに医師を向かわせるから、ベッドに寝かしてあげるのよ」

「了解した」

シャツ越しに弾ける筋肉の躍動が感じられるわ！

でも、体調が万全の時に、しっかりと感じ取りたかった……。

「気分が悪そうだな、アラベル王女。あまり揺らさないようにするから、少し我慢して欲しい」

「はい、アルウィン様」

小さな声でお礼を言うと、彼はわたしの顔をじっと見つめた。

まあ、綺麗な瞳だわ。

青空を見上げているみたい。

「あの、なにか？」

長い時間視線を受け止めたわたしは恥ずかしくなって、上着をきゅっとつかむ。

「いや、なんでもない」

将軍はすっと視線をずらして歩き始めた。

「さてと。侍女のあなたの首に付いている、その悪趣味なアクセサリーを取りましょうか」

ちらりと見ると、アリス王妃が取り出したのは……あの、凶悪なナイフ。

「ひっ、ひいいいいいーっ！」

「動かないで。スパッといっちゃうわよ」

「いけませんわ、スパッとしていいのは首輪だけ！」

さすがは長年わたしの侍女を務めているだけはある。このような危機的状況でも、上手い返しができるなんて素晴らしい。

そうして、わたしはメリッサの首が無事なのを確認しつつ、アルウィン将軍にお姫様抱っこをされて大広間を後にして、王宮の廊下を進んでいった。

素敵な筋肉を堪能しながら。

「アラベル王女、ドレスの胸元が破れているのは、もしや兄のせいなのか？　だとしたら申し訳ないことをした」

「いいえ、違いますわ！」

筋肉のゆりかごに揺られて王宮の廊下を進みながら、視線の端で精悍な筋肉エルフの顔や身体……そう、身体をチラ見して、気分が悪いのにうっとりして、また気持ちが悪くなるという器用なことになっていたわたしは、アルウィン将軍の言葉を聞いて慌てて答えた。

「このような乱暴な真似をしたのはシャーズ王太子です。ウォルティス国王陛下は、わたしをギリガン国のシャーズ王太子の魔の手から救ってくださった大恩人なのです。ギリガンの異常な王太子は……乙女の長い髪と魂を、邪神なるものに捧げていると話していました」

「なんだと？　邪神に関わるとは……」

アルウィン将軍は「シャーズめ、気が触れたか」と呟いた。

「シャーズ王太子が邪神への信仰を語っておりましたが、非常におぞましい話でした。ギリガン国の若い女性たちがすでに犠牲になったようです。そして、わたしにも……口では言えないほどの酷いことを企んで……穢らわしい乱暴をしてなぶり殺そうとしかけて……」

もしも助けてもらえなかったら、何日も拷問のような責めを受け、残酷で残虐で、女性としての尊厳をすべて踏み躙（にじ）られた死に方をさせられていただろう。おそらくあの部屋にあった髪の毛の持ち主たちも、そのような目にあって……。

ベッドでのしかかってきた醜い笑顔のシャーズ王太子の記憶がよみがえり、今さらながら恐ろしさに身体が震えて、涙が溢（あふ）れてくる。

「それは恐ろしい目に遭ったな」

アルウィン将軍は、気遣いの言葉をかけてくれる。

「よくぞ生き延びた」

「申し訳ございません、心を乱してしまってみっともない真似を……」

涙を止められない自分の弱さが恥ずかしい。

この通り、わたしは無事に助けてもらえたというのに。

他の髪の毛の主たちとは違って、無事なのに。

部屋いっぱいにぶら下げられた髪の毛の数だけ、苦しみながら命を落とした乙女がいたのだ。

「アラベル王女殿下、あなたは悪くない。嫌な記憶を思い出させてしまったわたしが悪いのだ」

アルウィン将軍は、困ったような顔でわたしを見て言った。

酷い傷跡があっても、彼の顔は整っていて、中性的な兄のウォルティス国王とは違って男性の魅力に溢れている。

おかしい。

この、胸の激しい鼓動はどうしたのだろう?

恐ろしい体験をしたせいで、わたしは心臓をおかしくしてしまったのだろうか?

隻眼の将軍は、青く澄んだ右目でわたしの顔を見た。

「無事にこの国に逃げてこられて、本当によかった。これからのあなたの安全はわたしが責任を持って守るから、安心して心身を休めてくれ」

彼はわたしが流す涙を「わたしはこれでもアールガルドの常勝将軍だからな、あなたを守れるだけの腕っぷしはある。信用してくれ」と、シャツで吸い取ってくれた。

どうしよう。

なんだかこの温かな腕の中から出たくなくなってきてしまった。

わたしの心はかなり弱っているようである。


アルウィン将軍の部屋らしき扉の前で、彼はわたしを器用に片手で抱き抱えながらドアノブに手を伸ばした。

すると、触ってもいないのに、扉が開いた。

「アルウィン坊や、遅いじゃないかえ」

「きゃっ」

中から、白髪を頭のてっぺんで大きなお団子に結い上げた老婆が顔を出したので、わたしは小さな悲鳴をあげた。

鮮やかなエメラルドグリーンのローブを着たしわくちゃな顔をした老婆は、いたずらが成功した子どものようににんまりと笑った。

「おやおや、このお嬢ちゃんはいい色の髪をしておるのう。アリス王妃に頼まれて、この婆がお前の嫁ごを診に来てやったというのに、愛らしいお嬢ちゃんとどこでいちゃついておったのじゃ？」

「……この方は、まだわたしの嫁になったわけではない。他国の姫君に失礼な口をきくものではないぞ、お婆」

「ほっほっほ、可愛い嫁ごの前じゃからと、この坊やはませた口をききおって、これはこれはかわゆらしいこと」

「わたしを坊やと呼ぶのはやめろ」

しっかりした身体つきで、背も高いアルウィン将軍は、目を細めて言った。しかし、将軍の気迫などものともせずに老婆は面白そうに笑うだけだ。

「おお、そりゃあすまんかったな。うむうむ、まだ固い蕾のような初々しいお姫様の前じゃ、そりゃあ男の子としてはカッコ付けたかろうな、これはすまぬすまぬ、ぬふふふふ」

「……お婆はわたしがいくつになったと思っているんだ」

アルウィン坊やはため息をつき、諦めたようだ。

「だが、なぜわざわざお婆が呼ばれたのだ？」

「男の医者に診られるのは辛いかと、アリス王妃が気を回しておった。あのドワーフの娘っ子はなりは荒っぽいが、優しい子じゃ」

「……そうか」

わたしは、お婆と呼ばれた高齢のエルフの顔を見た。

「わっしはマリエラータ、マリーお婆と呼ばれておる治療師じゃ。この国でもベテランの治療師じゃぞ、安心して診せるがよい」

彼女は人差し指を伸ばしてわたしの下瞼（まぶた）を引っ張ると「ちと血の巡りが悪くなっておるようだのう。早く寝かせてやるがいい」と将軍に言った。

王族の部屋としてはあまり華美ではないが、質の良さそうな内装と家具の部屋に入り、アルウィン将軍がわたしをベッドに寝かせてくれる。

「あなたの部屋をすぐに用意するが、しばらくここで休んでくれ」

そんな親切な将軍を、マリーお婆様はぞんざいに押しやる。

「これからこの子の服装を楽にしてやるから、坊やはなにか飲み物でも持ってきとくれ。果物のジュースに世界樹の雫(しずく)を垂らしたものがよいな」

「今メイドに持ってこさせよう」

「わっしが着替えをさせるから、ごつい男はとっとと部屋を出ておゆきと言っとるんじゃい！」

「お、おう」

固そうなお尻をぺちんと叩かれて、部屋の主は出て行った。

無敵のお婆様だ。

「まったく、気が利かなくて仕方ないのう。でも、あの子は愛情深くて優しいからな、きっとよい夫になるぞえ。ほれ、これに着替えようかの」

老人とはは思えぬ手早さで、わたしは破れた旅行用のドレスを脱がされて、しなやかな絹のネグリジェに着替えさせられた。身体を締めつけないので、とても楽だ。

「ありがとうございます、マリエラータ様」

「よいよい、お婆でよいわ。アルウィン坊やの嫁ごならば、孫みたいなもんじゃからな」

わたしは背中にクッションを当ててもらい、ベッドに起き上がった。と、そこへ将軍が戻ってきた。

「お婆、持ってきたぞ」

「ほっほっほ、早いのう。入ってよいぞ」

わたしは気がつかないうちに喉がからからになっていたので、程よく冷えた果実のジュースをいただき、生き返ったような心地になった。

飲むとしゅわっとするのは、世界樹の雫なるものが入っているせいなのだろうか？

爽やかで美味しくて、この飲み物はとても気に入った。

「とても気分がよくなりました。ありがとうございます」

空のグラスを受け取り、アルウィン将軍は少し目を細めた。

「それはよかった」

マリーお婆はわたしの脈を診たり背中に手を当てたりして診察をしていたが「少し気が弱っているようじゃな」とわたしに言った。

「病の兆候はないが、心に衝撃を受けて身体にも影響が出ているようじゃ。それから……お嬢ちゃんはもしかすると、エルフの血を引いてやしないかえ？　世界樹の波動が感じられるわい」

「エルフの血を？　わたしは精霊信仰のイスカリア国からまいりましたが」

「ふむ、精霊の気配に世界樹の波動が重なっておる。お嬢ちゃんはバランスが取れているようじゃが、先祖や家族には、虚弱体質とか、身体の不調を訴えている者がいなかったかえ？」

「虚弱体質……母が現在、原因不明の不調に悩まされています」

「そうかえ。ならばその女性も、一度この国に来た方がよいやもしれぬな。エルフの血族は、世界樹の近くで波動を調整しておかないと、体内の魔力が暴走して自分を傷つけてしまうことがあるのじゃ」

「それはつまり、お母様の病気が、ここに来ると治る可能性があるということでしょうか？　……あっ」

お母様の具合がよくなるかもしれないと聞いたわたしは身を乗り出して、その拍子に目眩を感じてしまった。

「王女殿下、しっかりなさってください」

「ありがとうございます」

ふらつく身体をたくましい腕が支えてくれたので、思わず抱きついてしまい「あっ、申し訳ございません」と赤くなった。アルウィン将軍は表情を変えずに「お楽になさってください」と、わたしの背中のクッションを直してくれる。

マリーお婆様の言うように、この方は優しい。

黒い眼帯をしているし、迫力がある筋肉将軍なのに、細やかな気遣いをしてくれて優しいとか、これはちょっと乙女心にキュンときてしまって、いろいろとまずい気がする。

「そうさのう……お嬢ちゃんの身体も波動を整えるのが早道じゃな。というわけで、アルウィン坊や」

「なんだ？」

「添い寝してやるがいい」

「添い寝？」

「坊やは癒しの気流れを持つから丁度よかったのう。そら、横になってお姫様をぎゅうっとしておやり、ほれ、ほれ、ほれ」

お婆はぴょんと飛ぶと背の高い将軍の首根っこをつかみ、ベッドの中に押し倒した。たくましい男性を転がしてしまうマリーお婆様は、ただ者ではない。

「いや、これはまずいのでは」

「治療だからいいのじゃ！　いつまでも気持ちが悪かったら、嫁ごがかわいそうじゃろうが。早う気を整えてやらぬか」

お婆はガッ！　と筋肉の腕をつかむと、わたしをその中に転がした。

「これでいい。そら、お嬢ちゃんは目をつぶりなされ」

「は、はい」

「坊やにしがみついてしばらく休めば回復するじゃろう。なにか気になることがあったら、この婆を呼べばすぐに診てやるからのう。まずはしっかり休め」

マリーお婆は、わたしの頭をいい子いい子すると、そのまま部屋を出て行ってしまった。

「……アラベル王女」

「はい」

ネグリジェの布ごしに、将軍の温もりが伝わってくる。

男性とこんなにも接近するのは生まれて初めてだ。

恥ずかしくて目をぎゅっと閉じていると、将軍は意外なことを言った。

「その、だな、わたしは汗臭くないか？」

え、そこ？

そこが気になるの？

それなら、むしろ旅を終えたばかりでろくにお風呂にも入っていないわたしの方が臭いかもしれないわ！

「アルウィン様は、全然臭くございません。太陽のいい匂いがしますし、逆にわたしが臭い……匂うのではないかと」

わたしは焦って、将軍の腕の中でもぞもぞと動いて離れようとした。

「いや、あなたはいい匂いしかしない」

そう言うと、将軍はわたしを抱きしめた。

熱い筋肉の中に閉じ込められたわたしは、心臓の鼓動が激しくなり、顔が熱くなる。

「お婆は、治療師としての腕は確かなのだ。そのお婆が言うのだからこれは治療だ」

「あの、でも、わたし」

「身体の力を抜きなさい。あなたに不埒な真似など決してしないと誓うから、少し眠るといい。お婆の言う通り、わたしはわずかだが治癒の力を持っていて、身体から発している。こうしていれば、あなたの乱れた気も整うはずだ」

「そう……なのですか……あら、この感じは」

え、なに、すごく眠くなってきたんだけど、どうしましょう！

出会ったばかりの男性に抱きしめられるだなんて、こんな、敬虔な淑女にあるまじき事態なのに……意識がぼんやりして……すごくいい気分……たくましい筋肉、最高……。

これが癒しの気なのだろう。

まるで陽だまりの中で爽やかな風に吹かれているような、身体が癒される心地よさだ。

そして、肌に感じる素晴らしい筋肉の張り。

ここは天国なの？

眠りに落ちる直前に「ベル……大きくなったな。それに、とても美しいし……昔と変わらずに可愛い……」という呟きが聞こえたような気がした。


目が覚めると、わたしはひとりで広いベッドに横たわっていた。少し眠ったようだ。

布団がかけられているから寒さは感じないけれど、さっきまでわたしを包んでいた温かな腕がなくなっていることに寂しさを感じる。

「……まあ、体調がよくなっているわ」

マリーお婆様の見立て通り、わたしは回復していた。ゆっくりと起き上がると、めまいも気持ち悪さもなくなっている。

添い寝するだけで相手を癒すだなんて、アルウィン将軍は稀有な能力を持っている。これまでも多くの添い寝でたくさんの人々を癒してきたのだろうか。

もしや、戦で傷ついたむくつけき騎士とか兵士とかも添い寝で癒して……。

うわあ。

これ以上は考えないことにしよう、うん！

「戦いに身を置く方なのに、こんなに優しいお力を持っていらっしゃるなんて……見た目も最高にカッコいいのに、益々魅力的な殿方だわ。どうしてまだ独身なのか不思議だわね」

そう、アルウィン将軍はわたしの好みのど真ん中を射抜いた上に、さらにその穴に矢をさくさく刺してくるほどの男性なのだ。

顔には大きな傷があるし、あのたくましき腕は敵を屠るために使われているはずなのに、わたしに対する態度や言葉遣いには粗暴さは感じられない。

むしろ、心に染みるような温かな気遣いを感じられた。

「もう歩いても大丈夫かしら。アルウィン将軍の優しいお気持ちで助けられたわ。同じ男性なのに、変態王太子とこうも違うものなのね」

わたしは丁寧に育てられた箱入り姫君なので、よく知っている男性と言ったら、父、兄、幼い弟、そして親戚で筆頭補佐官を務めるエディール・シュワルツ公爵くらいだ。

まだ婚約者はいないから、あとは距離を置いた王宮の使用人や近衛兵と少し関わるくらいだ。

その誰とも違うタイプのアルウィン将軍……あの憂いを帯びた優しい青い瞳を見ると、胸がきゅっと痛くなる。

「でも、あの素敵な筋肉ですもの、特別なお力がなくてもわたしは癒されてしまいそうだわね」

彼の持つ至高の筋肉を思うと、胸がきゅんきゅん弾む！

あの大胸筋の上でわたしのハートは弾みまくるのよ！

そういえば、眠りの中で、わたしは小さな囁き声をたくさん聞いたような気がする。

『よかった、この子の魔力の道が太くなったよ』

『世界樹の気が通ったら、弱々しかった道がしっかりしたね。世界樹の娘だったんだよ、この子』

『もうわたしたちの力を使えるようになったんじゃない？　少しずつ練習させなくちゃ』

そんな会話が、うつらうつらするわたしの耳元で聞こえていた。もしかすると、あれは精霊の声だったのかもしれない。

彼らは何の精霊なのだろうか？

そして、ピンク色の球を出すだけだったわたしの魔法は、いくらか成長したのだろうか。

出せる球が二個に増えた、だとかならがっかりだが、あとで落ち着いたら試してみよう。

「どうしましょう、人を呼ぶにはどうしたらよいのかしら？」

枕元にはベルがなかった。

イスカリアのわたしの部屋には、涼やかな響きのベルが置いてあって、それを振ると側仕えたちがやってくる。声を出して呼ぶのははしたない気がするし……と、ベッドの上でしばし思案していたら、部屋の内ドアが開いたのでほっとした。

そして、部屋に入ってきた人物を見て、わたしは文字通り凍りついた。

「気がつかれたか」

ギリシーヤ……から現れた、彫像？

そこには、濡れた髪をタオルで拭いながら美しい筋肉を惜しげもなく晒す、たくましい身体つきの男性がいたのだ。

「アル……ウィン、将軍閣下……」

神様、ありがとうございます。

これは、あの気持ち悪い変態シャーズ王太子に耐えたわたしへのご褒美なのですね？

ああ、肌に残る水滴が悩ましい！

濡れた髪がセクシー！

喉のラインが貪りつきたいくらいに魅力的！

腹筋が引き締まっているからおなかのあたりが描くカーブの美しさよ！

その下にあるパンツ、邪魔！

そしてこれは、本の挿し絵ではないし、冷たい石の彫像でもなくて、生身の肉体、躍動する筋肉、半裸の男性……って、はんらのだんせいいいいいーッ!?

「……アラベル王女？」

すっと目を細めると余計にカッコいいからもうわたし死にそう、じゃなくってですね！

「き、き、きゃあああーっ、大変失礼いたしました！」

わたしは両手で顔を覆った。

そして、やっぱりもったいなくて、指の隙間から見てしまった。

筋肉将軍の半裸というかほぼ全裸、見ちゃった！

しかも、じっくりとねぶるような視線で、舐め回すような視線で、目力全開でペロペロするような淑女にあるまじき視線で、見ちゃったの！

そして、ものすごくドキドキしちゃったの！

あと、恥ずかしいんだけど、おなかの下の方が熱くなって、きゅんきゅん来るの！

わたしは怪しい感じになってきた場所をなんとかしようと、両脚をぎゅっと締めた。

ごめんなさい、エロカッコいい身体をタダ見してごめんなさい、いくらお金を積んだらいいですか、あなたのような芸術品をわたし如きがガン見してしまった罪はどうしたら償えますか？

ベッドでパニックに陥っているわたしに、芸術品が駆け寄ってきた。

「顔色がよくなったと思って、離れてしまったわたしが悪かったようだ。王女殿下、大丈夫か？」

「ひゃい、らいじょぶ、れす」

温まってムンムンする筋肉と大接近したわたしは、息も絶え絶えになる。

この人、めちゃ親切！

そして近くで見る筋肉の破壊力！

待って、鼻血が出そう！

「ご心配を……おかけして……」

鼻を押さえて顔をしかめたせいで、誤解される。

「全然大丈夫ではなさそうだぞ！　さあ、姫、無理せずに横になりなさい」

「ひゃん」

下着一枚の半裸の男性が、わたしを押し倒してベッドに潜り込んだ。

「失礼、治療申し上げる」

一見怖そうな将軍だけど、心がとても優しいアルウィン様は、その素晴らしい筋肉でわたしをがっしりとホールドした！

アラベル、イン、マッスルフェスティバル！

いいえ、わかっていますわ。アルウィン将軍は様子のおかしいわたしを心配して、再度優しき癒しの気流れでもって体調を整えてくださろうとしているだけですよね。

純粋な優しいお気持ちでやってくださっているのですよね。

この、石鹸（せっけん）の香りがするムンムンした筋肉に包まれて不埒な喜びに浸るわたしの方がおかしいことは、重々承知でございますわ。

でも、わかっていても、わかってはいるのですけれど、わたし、余計におかしくなってしまいます！

ただいま煩悩１００％！

全身を走る快感で、びくびくっと震えています！

「気の毒に、あの王太子のせいで酷く気持ちが乱されたのだな。おっとすまない、湯浴みをしてきたから寝衣が少し濡れてしまった」

彼に触れていた場所……胸が濡れて、薄いネグリジェが透けてしまっている。

これは素肌に残った水滴と、筋肉が発するアルウィン将軍の汗？

尊い水分だわ！

濡れた布地のせいで密着感が半端ない！

筋肉にぴったんこなのだ！

「お、お気になさらずっ」

さすがに恥ずかしくなって身体を離そうとしたら、ネグリジェが本気で透け透けで大変なことになっている。つまり、わたしの胸のふくらみが、形も色も、殿方には秘密のピンク色のその場所も、丸見えなのだ。

マリーお婆さま、なにもこんなに薄いネグリジェを用意しなくてもよかったのでは？

「きゃっ」

アルウィン将軍の視線が胸に行く前に、やっぱりくっついて隠す。

彼から見えないようにそうしたのに……わたしの胸の先の自己主張が激しい。

そこは筋肉に擦れて余計に固く立ってしまい、淫らな刺激がわたしの身体を貫いた。

「ん……ふう……」

顔が熱くなり、荒い息をするわたしのことを、アルウィン将軍はとても心配しているのだが、原因はあなたの筋肉ですから！

いいえ、嘘ですわ。

わたしの身体が……敏感な突起がいやらしく反応してしまうような、わたしの身体がいけないのです。

「王女殿下？」

「あんっ」

背中をさすった手すら刺激となって、わたしの口から変な声が出てしまった。

「苦しいのですか？」

「い、いいえ、これはその……はい」

ああ、筋肉の神よ、お許しくださいませ！

わたしは嘘をつきました。

「それはいけない、そら、こうしていた方が癒しの力がより強く感じられるはずだ」

はい、さっそく天罰です！

頭の後ろを大きな手のひらが包み込み、わたしの顔はぐいっと胸に押し当てられる。

唇に殿方の筋肉が当たってしまう。やろうと思えば、ペロペロすらできる状態だ。

いやん、なんていい匂いなの！

魅惑の筋肉にこんな匂いがあるなんて、『ギリシーヤ神話論』を読んでもわからなかった。これはわたしを駄目にする魔性の香りだわ……。

顔いっぱいに感じる筋肉と、石鹸の匂いがまじる男性の香りが、わたしの頭をクラクラさせた。

アルウィン将軍は美しい腕で上半身を抱き締め、しなやかな脚がわたしに絡みついた。

「これで少し落ち着くだろう」

低くてよく響く、男性らしい声がすぐ近くでするものだから、わたしの胸の鼓動は余計に速くなってしまう。

いいえ、ぜんっぜん落ち着きませんが！

ありがとうございます！

ごちそうさまです！

わたし、このまま息の根が止まっても本望でございます！

こんなにも男性と近づくのは生まれて初めてだというのに、その相手がとびきりハンサムでたくましく、おまけに性格も最高に素晴らしい将軍とくれば、これはわたしの持っているロマンス小説をすべて合わせた以上にスリリングで心ときめく状況だ。

おまけにちょっぴり……いや、とてもえっちな展開なのだ。

そして、さらに、この筋肉！

唇に筋肉！

素肌の生筋肉！

このまま筋肉祭りが続いたら、わたし、絶対におかしくなっちゃう！

危ない薬に脳を溶かされて、わたしの身体が別のものに作り替えられていくようだわ
……ああ、アラベルはもう乙女ではいられない……。

このままわたしの脳が役立たずになって、あくまでも親切心でわたしを抱くアルウィン将軍に襲いかかり、激しく頬擦りしたりペロペロしたりしながら「うひひひ、筋肉最高、うひひひ」などと狂ってしまったら。

将軍には「こんな気持ちの悪い王女とは結婚などできない」とお断りされて、せっかくアールガルド国とイスカリア国の間に生まれる友好的なムードが補修できないレベルで粉砕されてしまうのだ。

がんばれ、イスカリア国のアラベル第二王女、国民の幸せのためにがんばるのよ！

嘘です、ごめんなさい。

正直な気持ちを言うと、国とかなんとかいうのは建前で、ごく個人的に、わたしはこの将軍と絶対絶対結婚したくてたまらないのです。

この一瞬で、アルウィン様との関係を終わらせたくないの。

好き、もう、好き！

筋肉から入った恋でもいいじゃない！

だから今は、おとなしく目をつぶって無念無想よ。

無念無想、無念無想、無念無想……。

わたしは爆発寸前の気持ちを抱きながら、静かに呼吸をして石のように固まっていた。

日頃の淑女教育の成果が現れているわね。

わたし、偉い。

「ふっ、寝息がくすぐったいな」

大きな手のひらで頭を撫(な)でられた。

ひゃあああああーッ！

このイケメン筋肉将軍ったら、なんてことをおっしゃるの！

無念無想が一瞬で吹っ飛んだわ！

さすがは将軍、乙女の努力を瞬殺してきたわね、あと、寝息じゃなくて、それは鼻息
……。

と、その時、寝室に誰かが入ってくる気配を感じた。

「おやおや、坊やの嫁ごはまだおねむかな？　アルウィンや、まさか悪いいたずらなどしておらんだろうな？」

ああよかった、マリーお婆様が来てくださったわ！

わたしはほっとしながら『悪いいたずらをしそうなのはわたしです、すみません』と、心の中で謝った。

「ほっほっほ、坊やのような若い男の子は、いろいろとお盛んじゃからのう」

アルウィン将軍は、からかうお婆様に冷静に言い返す。

「失礼なことを言うな。そのような不埒な真似をするわけがないだろう。この方はイスカリア国の王女殿下なのだぞ」

「いやいや、アルウィン坊やの可愛い嫁ごじゃろうが。こんな可愛こちゃんを嫁ごにできるのは、アルウィン坊やが日頃からがんばっておるからじゃ。よかったのう」

なんと、お婆様は将軍の頭をいい子いい子した。

将軍はさすがに顔を赤らめている。

ちょっと可愛い。

「いや、正式な婚約はまだだからな」

顔が真っ赤でも、落ち着いているぞ風に話すアルウィン将軍が、ギャップ萌(も)えで激しく可愛い。『カッコ可愛い路線』という違った方向からの攻撃で、わたしのハートはまたしてもキュンキュンしてしまった。

まことに油断のならない将軍だ！

「坊やは固いのう。よし、今可愛こちゃんに結婚を申し込んでしまえ、そりゃ、男は度胸じゃぞ！」

え、まさかの筋肉プロポーズをしてもらえるの？

将軍の温かくていい匂いのする腕の中で（歓喜に）震えていると、マリーお婆様が近寄ってきて、布団をめくった。

「ほっほっほおおおーッ？」

声がひっくり返っている。この百戦錬磨そうなお婆様も驚くことがあるのね……って、薄いネグリジェのわたしをほぼ全裸の将軍が絡みつくように抱きしめていたのだったわ！

「これ、アルウィンよ、わっしはここまでしろとは言うておらんが。おぬしはなぜ服を脱いでおるのじゃ？　まさか、本当に悪さをしておったのか？」

「そんなわけがないだろうが。これには理由があってだな……わたしは王女殿下に指一本触れて……いや、全身で触れているが、すべては治療のためだ。彼女の誇りを損なうような失礼な真似などしていないぞ！」

ああ、たくましい胸にビリビリ響くほどに大きな声で、きっぱりと言い切るアルウィン様、カッコいい！

あと、顔がさらに真っ赤よ！

「いやいや、むしろこの状態になって、手出しをせぬ方がイスカリア国の第二王女殿下に対して失礼じゃろうが」

なるほど、そういう考え方もあるのね。

マリーお婆様は伊達にお年を召していないわ、大人なご意見ね……でも、それって、わたしに女性としての魅力がなかったということかしら……。

ちょっぴりショックよ。わたしは婚約適齢期の、十七歳なのに。

『お色気』というものに欠けているのかもしれないわね。メリッサには『アラベル様は清純な正統派お姫様ですわね』と言われていることだし。

対するアルウィン将軍は、どこをとってもわたしの心にズッキュンとくる、お色気満載な殿方だというのに……わたしはお色気皆無のピンク頭なんだわ……考えることもピンクだし……。

こんなにも素敵なアルウィン将軍には、わたしは釣り合わないのかしら。

衝撃を受けたわたしの表情をちらりと見たマリーお婆様が、そっと布団をかけ直して
「では、あとは若いふたりでがんばるのじゃ」と部屋を出て行こうとする。

「お婆！　人の気も知らないで、適当なことを言うな」

とうとうアルウィン将軍が怒った。

「いや、嫁ごががっかりしているようじゃし……」

心を読まれてた??

「王女殿下はもう落ち着いたようだから、お婆はもう一度よく診察してくれ。わたしは着替えてくる」

将軍は素早くベッドから出ると、足早に隣の部屋に姿を消してしまった。

「アルウィン様……」

わたしは悲しい気持ちになって、彼の後ろ姿を見送った。

「ほっほっほ、坊やはまだ青いのう」

マリーお婆様は「そんな顔をせんでよいぞ」とわたしの頭を撫でた。

「あの坊やはいつも、小憎らしいほど冷静なのじゃがな。嫁ごのことを揶揄うと、ぷんすかして面白いのう」

「でも、あの方はわたしに対してご立腹されたみたいですわ。それに……わたしは将軍閣下のお好みの女性では……ないみたい……ですし……」

悲しくなったわたしがお布団の中に潜ろうとしたら、お婆様にお布団をはがされてしまった。

「いやいや、そんなことはないな、ほっほっほ、まったくないな。うむ、嫁ごに腹は立てぬが違うものは立ってしまったようじゃな」

「え？」

お婆様がとても楽しそうなので、わたしが首を傾げると「おまえさんのような純粋な乙女は気にせんでもよいことじゃ。まあ、若い男の事情というやつなのじゃが……ほっほっほ」とまた頭を撫でられ可愛い可愛いされた。

わたしは完全に孫ポジションになっているようだ。あとで肩でもお揉みしてさしあげよう。

そして、よくわからないが、アルウィン将軍をよくご存じのお婆様がそうおっしゃるのならきっと大丈夫なのだろう。

なにかが立つとか……立つとか、まさかね！

あの方は、そのような殿方ではないわ、もう、わたしのえっち！

「そら、ちょいと婆に目を見せてみい」

お婆様はさっきやったみたいに目の下を引っ張ってみたり、手首を握ってみたり、背中をさすってみたりして診察してくれた。

「気分はどうじゃ？」

「とてもいいですわ。外にお散歩に出かけても大丈夫そうなほどです」

「そうかそうか。気流れもかなり整ったから、明日は世界樹の癒し場に行くとよいな。循環がよくなり、おまえさんの持つ力が発揮できるようになるじゃろう。今までは、世界樹の加護が中途半端な状態でおったから、精霊魔法を邪魔して上手く発することもできなかったのではないかえ？」

「その通りですわ、お婆様！」

「ほっほっほ、身体もより一層健やかになるはずじゃから、アルウィン坊やと共に世界樹の力を感じてくるとよいぞ」

「将軍閣下と一緒に、ですか？」

「赤子はふたりで作るものだからのう。健やかな気の流れる身体から健やかな赤子が生まれるのじゃぞ」

「赤子……え、赤ちゃん？　わたしと、将軍閣下の？」

箱入り娘だけれど、さすがに閨（ねや）についての基礎教育は受けているので、お婆様が笑っている意味がわかる。よーくわかるし、ついでに妄想もしてしまう。

「……ああそんな、やっ、いやん！　恥ずかしいですわ……」

わたしは熱くなった顔を両手で覆った。

筋肉将軍とのあれやこれやを、臨場感たっぷりに想像してしまうわたしは、お婆様の思っているような純粋な乙女ではありません、騙（だま）してごめんなさい！

「ほっほっほ。さておまえさん、アラベル王女といったかのう。アラベルっ子は正直に言って、アルウィンのことをどう思う？」

「どう、とは？」

「坊やの顔にあるあの無惨な傷が恐ろしくはないかえ？　あの子は左の目も失っておるし……」

わたしはパタパタと手を振った。

「その点は、まったく問題ございませんわ。全然恐ろしくなどありませんし、あのお方はとても魅力的な容姿でいらっしゃると思います。あ、顔とか身体だけの話ではございませんけれども」

危ない危ない、身体目当ての女だと思われちゃうところだったわ！

「アルウィン将軍閣下がとてもお優しい方だということは、今日の関わりだけでもよくわかりました。本当に素敵な殿方です。……あの、お顔のお怪我の理由をお尋ねしてもよろしくて？」

「かまわぬ。あれはのう、辺境の村に凶悪な魔物が襲ってきた時に、無力な村人を庇って受けた傷なのじゃよ」

「魔物が？」

お婆様の話によると。

アルウィン将軍が初々しい騎士だった時に、辺境のとある村に上半身が獅子で下半身が竜という恐ろしい魔物がやってきて、人を襲った。

そして、エルフの味を知った魔物は血肉を求めて凶暴化してしまい、その凄まじい暴れ具合は村人では太刀打ちできなかったため、すでに槍使いとしての頭角を現していたアルウィンが騎士団を率いて魔物退治の任についたのだが、その時に彼は幼い母子を丸呑みにしようとする魔物の前に飛び込み、攻撃を受けてしまった。

その後、血塗れのアルウィンと騎士団は魔物を討伐したが、彼の怪我は大きすぎるうえ魔物の呪いもかかっており、治癒の力を持つ魔法使いの術でも治しきることができなかった。

しかし、勇敢な騎士アルウィンがそのまま天に召されることを、世界樹はよしとしなかったのであろう。彼は天から降り注ぐ世界樹の波動に満たされて、意識を取り戻したのだ。

その時から彼には治癒の気が満ちて身体中を流れ、彼の身体を癒した。こうしてアルウィンは片目を失ったものの再び騎士として復活することができたのだ。

「なんて勇敢なお方なのでしょう！　魔物の前に飛び込むだなんて、並の覚悟ではできないことですわ」

「女子どもが魔物に食べられようとしているところを見て、居ても立ってもいられなかったのじゃろう。しかし、勇敢なのはよいが、あの子は戦士としては優しすぎる。わっしはあの坊やが心配なのじゃ」

大切な民とはいえ、彼らを救うために自分の身を犠牲にするところだったのだ。アルウィン将軍を愛するものにとっては気が気ではないだろう。彼の命が助かって、本当によかったと思う。

「さてと。おまえさんの侍女たちが部屋を整えたようじゃから、移ることにするかのう……このまま共寝をしたら、坊やが毎夜悶々(もんもん)として、身がもたぬじゃろうからな」

「悶々……」

そんなことになったら、きっとわたしも悶々としてしまうわ！

お婆様はわたしの診察を終えると「ちと坊やと話してくるから、アラベルっ子はここで侍女をお待ち」とわたしの頭を撫でて、アルウィン将軍が消えた方へと行ってしまった。

頭をこんなにも撫でられることは、生まれて初めてだ。エルフの国の習慣なのだろうか？　なんだか自分が小さな子どもにかえったみたいで、くすぐったいような嬉しいような気持ちになる。

わたしは「マリーお婆様ったら、そのうちわたしに飴玉をくれるんじゃないかしら？」などと考えながら、ベッドに腰掛けてぼんやりしていた。そして、誰もいないのをいいことに、くんくんと部屋の匂いを嗅いでみる。

筋肉の残り香があったら、未来のお嫁さんとして、このわたしが回収しておくべきだと思うの。決して変態的な行為ではないわ。

「アラベル様、お身体の方は大丈夫でしょうか？」

すぐにメリッサが部屋にやって来たので、わたしは何事もなかったような顔で「お仕事、お疲れさまね」と迎えた。

「治療していただいたから、すっかり気分がよくなったわ。心配かけてごめんなさいね。それでは、お部屋に案内してもらえるかしら？」

「しばしお待ちくださいませ。顔色がとてもよろしいですわね、よかったです……アラベル様？」

わたしは腰をかがめたメリッサの頭を撫でた。

「こうして頭をたくさん撫でてもらうとね、元気が出るのよ。だから、メリッサにもしてるの。今日は大変な一日だったから、メリッサも疲れたでしょ？」

彼女は、突然頭を撫で撫でし始めたわたしを驚いたように見ていたが、にっこりと笑って「本当ですわ。とても気分がよくなって元気が出てまいりました。それではわたしからも、元気をお分けいたします」と言いながら、わたしの頭を撫で始めた。

むふん。

やっぱり気持ちいいわ。

メリッサは頭を撫で終わるとわたしをぎゅっと抱きしめてから、ベッドから脚を下ろして座ったわたしに厚手のガウンを着せて、前をしっかりとしめてくれた。

「ええと、靴かスリッパは？」

蔓でぐるぐる巻きにされて暴れた時に、靴は吹っ飛んでどこかへ行ってしまった。ちなみにメリッサはわたしよりも肝が据わっているので、最後までちゃんと靴を履いていた。

わたしも淑女として、いっそう精進しなければね。

今度ぐるぐる巻きになった時には、靴を飛ばさないわ。

メリッサは、わたしの問いに不思議そうに答えた。

「それが……用意する必要はないと言われまして」

「あら」

ふたりで顔を見合わせる。

わたしに裸足で歩けというのかしら。

もしかすると、なにかのおまじないなのかしら。足の裏から根を張る世界樹の気を吸い取るように、とか……うん、この国ならありえるわ。

などと考えていたら。

「アラベル王女殿下、もう起き上がっても支障はないのか？　無理をすることはない。この部屋にはいつまでいてもかまわないから」

素敵筋肉登場！

間違えたわ。

この国の王弟殿下にして、常勝将軍と呼ばれるほどの強さを持つ、アルウィン将軍閣下でした。

服装が、さっきと違うわね。

正式な場に出る時に着る軍服かしら？

「ありがとうございます、将軍閣下のご親切な治療で、体調がすっかり回復したみたいですわ」

さすがはイケメン筋肉である。きちんと軍服を着ると、カッコいいことこの上ない。わたしはこの勇姿を目に焼き付けようと、胸の前に手を組んで将軍の姿をじっくり観察した。

「そうか。今夜の食事は部屋でゆっくりとってもらおうと、国王陛下たちと話していた」

「まあ、お気遣いをありがとうございます」

なるほど。突然国王が攫ってきたわたしの処遇について、アールガルドの国の重鎮達による会議が行われたのね。だから服装が整っているのだわ。

ってていうか、ウォルティス国王！

ちゃんと根回ししてから計画的に行動しなくちゃ駄目でしょう！

とはいえ、ウォルティス国王陛下の素早い行動のおかげで、わたしは身体を汚されることなくアールガルド国に来ることができたのだから（突っ込みどころが満載であっても）助けてくださった国王陛下にはとても感謝している。ぞっとすることに、本当に危機一髪だったのだ。

「アラベル王女殿下にも、我々に尋ねたいことがたくさんあるだろうが、今日はいろいろなことがあり過ぎたから、もう少し気持ちを休めることが必要だろう。決して悪いようにはしないので、安心してもらいたい。もしもひとりで過ごすのが不安ならば、このままわたしの部屋で療養していてもかまわないのだが……どうする？」

将軍閣下は、わたしがシャーズ王太子に襲われたことを思いやってくださっているのだろう。だが、惨殺されかけた恐怖は、アルウィン将軍への恋（そして素晴らしい筋肉との出会い）という大事件ですっかりかき消されている。

「お優しいお言葉をありがとうございます、アルウィン将軍閣下」

ここにとどまって、さらなる筋肉の観察を続けたい気持ちをぐぐっと抑えつけ、わたしは頭を下げてお礼を言った。

「閣下の癒しの術で、気持ちの方も癒えて元気を取り戻しましたわ。ですので本日はこれで部屋に下がらせていただきます」

「そうか……では、失礼する」

彼はベッドのところまでやってくると腰をかがめて、わたしを抱き上げようと手を伸ばした。

「え？」

わたしが戸惑っていると、将軍は「ん？」と不思議そうな顔をした。

「ガウンを羽織っているとはいえ、無防備な寝衣を着た姿でうら若き令嬢を歩かせるわけにはいかないからな。わたしが部屋にお連れしよう」

「……それは、そうですが」

確かに、他国の王宮の廊下をネグリジェ姿で歩くなどということは、淑女の行いではない。

でも……でも。

わたしが困ってもじもじしていると、クールなアルウィン将軍はすっと身体を離して言った。

「ああ、選択肢を与えずに申し訳ない。王女殿下、わたしに抱き抱えられるのが不快ならばすぐに輿(こし)を手配するから、少し時間を……」

「全然不快ではございません！　畏れ多くて躊躇(ためら)っただけでございますから！」

もしやこの方は、自分の傷が恐れられていると思っているのだろうか。

それは勇敢で優しい騎士の勲章なのに。

わたしの目には、傷も眼帯も全部込みで、この筋肉将軍が美しくカッコよく見えるのだから、なにも問題はないのだと、全力で語りたい。

しかし、語れない！

だって、眼帯があるからよりセクシーで素敵なお姿ですわ、などとうっかり言ってしまい、特殊な趣味だとドン引きされたらショックですもの。

なので、わたしは上品に微笑みながらこう言った。

「よく考えてみましたら、将軍閣下はわたしの婚約者となるお方ですものね。ここは甘えさせていただいても無礼にはならないと考えてもよろしいのでしょうか？」

「ああ、もちろんだとも」

「ありがとうございます」

さあこれで、その筋肉を独り占めですわ！

わたしは両手をアルウィン将軍に差し伸べて「それでは、お願いいたします」と頼んだ。

すると、彼ははにかむように笑って言った。

「アラベル王女殿下、その、わたしにはいくらでも甘えてくれてかまわないから……どんな些細(ささい)なことでも遠慮しないでわたしに頼んで欲しい」

「まあ……ありがとうございます、将軍閣下」

彼はわたしの両手をとった。

驚いて将軍を見ると、凛々(りり)しい隻眼のお顔が近くに迫った。

「アルウィン、と呼んでいただきたい。そしてわたしも、あなたをアラベル姫とお呼びしてもいいだろうか？」

「……はい、アルウィン様」

照れる！

いきなりの名前呼び、照れるわ！

「婚約者となるのですからどうぞ、アラベル、とお呼びくださいませ」

「それでは、アラベル」

きゃあ、やっぱり照れるけど嬉しい！

少し震えるわたしの手を、アルウィン将軍閣下……アルウィン様はそっとご自分の首に導いた。

「しっかりつかまりなさい」

うわあああああん、カッコいい！

首の筋肉もカッコいい！

あと、体温が直に伝わるからドキドキする！

わたしは顔をほてらせながら腕を彼の首に絡めて、抱き上げられると同時にしっかりと引き寄せた。

すぐ近くに、美しく整った顔が来た。

うわああああん、顔もカッコいい！

この方は、全方向どこから見ても完璧にカッコいい。

耳の形もカッコいいし、すっと通った鼻筋もカッコいいし、サラサラの金髪もカッコいいし、青い瞳もカッコいいし、あとは、とにかく、全部、カッコいいのだ！

「……わたしの顔に、なにか付いているのかな」

うっとりと見惚れていたら、怪訝(けげん)そうに声をかけられた。

「あの……先程は気分が優れなくて、アルウィン様のお顔をあまりよく拝見できなかったので。今度はわたしの婚約者様のお顔をしっかりと見せていただこうと思いました」

『わたしの婚約者』というところに、ものすごく気持ちを込めて言った。

もう決定よ！

今更なかった話にはさせなくてよ！

そんな気迫を全力で込めたのに、なぜかアルウィン様に笑われてしまった。

「しっかり見ても、面白いものではないが。あなたは何度見ても美しく愛らしいお顔だけれど」

きゃあああ、この顔に生まれて本当によかったわ！

お父様、お母様、ありがとうございます！

「面白いですわ。殿方の顔をこんなにも近くで見るのは初めてですので……素敵な目の色をなさってますし、いくら見ても見飽きません」

「こちら側は眼帯だが」

「眼帯姿もワイルドで素敵です」

彼は「……ほう」となんとも言えない声を出してから、にやりと笑った。

まあ、さらにワイルド！

大サービスをありがとうございます！

「アルウィン将軍閣下はとても力持ちですのね。それとも、涼しいお顔をなさっているけれど、実はわたしが重いのかしら？」

「あなたのような軽い令嬢ならば、片手で抱えたまま山越えもできるな」

「まあ、すごいわ！」

わたしはどさくさに紛れて、アルウィン将軍の腕に触った。というか、撫で回した。

「確かに、立派な腕をなさっていらっしゃいますわね。頼もしいわ」

「くすぐったいですよ」

アルウィン将軍は、すまし顔で言った。

「太さも固さも、わたしとは全然違いますわ。えい、えい、まあ、全然動きません」

「あなたはじゃれつく子猫だったのか。なかなかのいたずらさんだな」

アルウィン将軍はそう言って、優しい目でわたしを見た。

ああもう、そんな表情も素敵！

好き！

超好き！

この時間よ、永遠に続いて！

その脇で、どこか遠くを見つめる視線でメリッサが呟いた。

「……わたしは、なにを見せられているのかしら……なにこのイチャイチャカップルは……」

アルウィン様はわたしをお姫様抱っこしてくれて、振動を与えないように気遣ってなのか、とてもゆっくりと廊下を進んだ。

「あの、わたしは自分で歩けるくらいに回復してますのよ」

そうアルウィン様に言ったけれど、彼はわたしの顔をじっと見てからわたしの額に頬をそっとくっつけ「うん」と言った。

これは、アルウィン様の能力でわたしの体調をチェックしているのだろうか？

そして、後ろではメリッサが「口の中が甘くてお砂糖じゃりじゃり……」と呟いている。

まあ、メリッサったらいつの間にか、美味しいおやつを食べていたのかしら？

自分だけずるいわ！

わたしが『そういえば、おなかが空いたわ。わたしもおやつをいただきたいな』などと考えていると、アルウィン様は王宮を飾る芸術的な内装を見せて説明をしてくれた。

「エルフは森の民とも呼ばれるほどで、植物と相性がよいのだ。だから、ほら、王宮の装飾にも木がふんだんに使われているのがわかるだろうか。美しい石と組み合わせるのがエルフ流の作風だな」

壁画に埋まった石が飴玉に見える……。

「はい、美しいですわね」

彼の話し方には品がある。声を荒げた時も粗野にならなかったのだから、しっかりと身についた品位なのだろう。穏やかに響く声や、落ち着いた速さでの話し方は、貴公子と呼ぶにふさわしい。アルウィン王弟殿下は戦いに身を置く武人であるけれど、幼い頃から王族としての教育を受けて育ってきたからなのだろう。そんな彼はわたしの目には麗しの王子様に見える。

まるで恋愛物語の中から抜け出してきたように、強くてたくましくて優しくてカッコよくて……。

「アラベル姫？」

「あ、ご、ごめんなさい！」

あなたの顔に見惚れていました、などとは言えなくて身を縮めると、彼にはすべてお見通しだったようで「仕方のない姫様だね」と笑い混じりに言われてしまった。

あんもう、好き！

「ええと、彫刻のモチーフにも植物が多く使われていますのね。繊細でとても素敵ですわ」

「うん。そして兄の魔法も、ご覧になったのならわかったと思うが、植物の力を引き出すものが基本なのだ」

ああ、あの、蔦のぐるぐる巻きとかね……木の中に開けた転移の穴とかね……植物の潜在能力、すごいですねー。ふう。

「アルウィン様も、植物の魔法を使われるのですか？」

「いや、わたしは風の魔法を得意としている。武器として槍を用いているが、そこに風を纏わせると切れ味が増すし、風の刃を飛ばすこともできるので重宝しているよ。それから、ご存知のように治癒の魔法も少々使える」

意味ありげに目配せをされて、わたしは顔がほてるのを感じた。

「ええと、それは……大変お世話になりました」

わたしがベッドの中の治療を思い出して顔を赤らめると、アルウィン様はおかしそうに
「お役に立てて光栄ですよ、姫」と言った。恥ずかしくなったわたしは彼の胸に顔を押し当てて「んもう、そんなに見ないでくださいませ。意地悪をなさらないで」と抗議をした。

「お可愛らしい方だ」

「からかってらっしゃるのね」

「本心からの言葉だが？」

「んもう、アルウィン様のいじめっこ！」

「いじめっこと言われたのは初めてだな。可愛い子猫をいじめてしまったようで、心が痛む」

「そう言いながら、ほっぺたのここのところがぴくぴくしてますわよ！　笑ってらっしゃるのね！」

わたしが彼の頬をツンツン突きながら文句を言うと、彼に「おやおや、これほどの攻撃

をこの身に受けるのはしばらくぶりだな。恐ろしいことだ、うん」と面白そうに流されてしまった。

後ろからついてくるメリッサは「アラベル様ったら、いつの間に将軍閣下とあんなに仲良く……まあ、確かに、お気持ちはわかりますけどね、まさに『ギリシーヤ』ですものね」とぶつぶつ言っていた。

やたらと時間をかけて廊下を進み、用意された部屋に到着すると、わたしはソファの上におろされた。

「ありがとうございました」

「お役に立てて光栄でございます、姫」

「ふふっ、アルウィン様ったら」

王子様モードで振る舞うアルウィン様のカッコよさときたら！

ねえ、すっごく素敵よね、メリッサ？

同意を求めてメリッサを見たけれど、なぜか目を逸らされてしまった。

用意された部屋には側仕えらしい女性が数人いるので、あとでメリッサに紹介してもらおうと思う。仲良くなりたいものだ。

エルフの特性なのか、彼女たちの髪は金と銀ばかりだ。イスカリア国民は、わたしの髪のピンク色は珍しいけど他にいないわけではないし、あらゆる色の髪色をしていて花畑のように華やかなのだ。

大抵は、なんとなく『守護精霊っぽい髪色』、つまり茶色は大地、火は赤といった具合なのだが、黒髪で光魔法使いとか、赤い髪で水魔法使いとかもいる。

まあ、精霊は自由な存在だから、染める色も自由なのだろう。

「なにからなにまでお世話になってしまいましたわ。本日はありがとうございました、アルウィン様」

離れるのが少し寂しかったけれど、そのような素振りを見せるのは殿方に対して執着があるようではしたない。わたしが品よく微笑みながらお礼を言うと、彼も「どういたしまして」と微笑んだ。

「明日は、まずは世界樹の癒しを受けていただき、完全に世界樹の波動を整えるようにとお婆から言われているので、朝食が済んだら迎えにあがります」

「助かりますわ。お時間をいただいて、申し訳ありません」

「気にしないでください。わたしは……」

わたしのウケがいいのに気づいたのか、王子様モードを続けるアルウィン将軍は言葉を切ると、わたしの前に跪いた。そして、わたしの右手をとった。

「わたしは我が姫のものだから、身体も時間もすべてあなたのためにあるのですよ」

そして、わたしの指先に恭しく唇を押し当てた。

「アルウィン様……」

まあ、とてもロマンチックだわ！

アルウィン様の王子様モードは完璧ね。

……あら？

長いわね？

なかなか唇が離れないわ。

不思議に思っていると、彼はわたしの目を見つめながら指先から唇を離して、わたしの手を少し持ち上げた。そして、手のひらを彼の方に向けてから、その真ん中に唇を寄せた。

「まあっ」

「あれは！」

エルフの女性達から驚きの声があがった。

この口づけには、エルフ的にどんな意味があるの？

わたしがきょとんとしていると、彼はわたしだけに見えるようにいたずらっぽく笑って、最後にちょろっと手のひらを舐めて唇を離した。

「ふにゃっ」

変な声、出ちゃった！

それに、なんだかぞくっときてしまったわ。

「ゆっくりと身体を休めてくれ、わたしの子猫姫……おや、どうしたのかな？　顔が真っ赤だな」

アルウィン様は手を伸ばして、ソファの上で硬直するわたしの顔をすりすりっとさすって「可愛い」と呟いてから鼻の頭をつつき、にやりと笑ってから「では、失礼する」と部屋を出ていった。

ひゃあああん、ちょいワルモードのアルウィン様も、大人っぽくて素敵！

背が高くて脚が長くて、無駄なく綺麗に筋肉がついた身体の美しいことこの上ない。眼帯が決まっているから、余計に魅力的だわ。

「……もう、アルウィン様ったら。やっぱり、いじめっこですわよ」

わたしは熱くて燃え出しそうな頬を両手で押さえながら言った。

恥ずかしいけど嬉しい。

それにしても、彼にいじめられると、身体が熱くなってしまうのはなぜかしら？

「でも、あんなに素敵な方だったら、なにをされてもカッコいいから許しちゃうわ……むふふふ」

「アラベル様、顔！　だらしなくなってます。あと、きちんと婚約を締結するまでは、いろいろ許してはなりません」

「えぇー」

「アラベル様、口調！　淑女としての名誉はお守りくださいませね」

「はーい、気をつけます」

メリッサに注意されてしまった。彼女は教育熱心なお姉様なのだ。

お母様が床についてからは、なおさらわたしのことを気にかけて、あえて厳しくしてくれている……はずが、実はけっこうちょろ……なんでもないわよ、メリッサ。

そんな腹心のメリッサは、不穏なギリガン国行きにまでわたしについてきてくれる程、愛情を向けてくれる女性なので、わたしは家族と同じくらいに大好きだ。

「ところでリリアン様」

エルフの筆頭侍女らしい金髪の女性に、メリッサが尋ねた。

「先程のアルウィン将軍閣下の王女殿下への振る舞いには、なにか深い意味などございますのでしょうか？」

あ、わたしの手のひらにちゅっと（おまけにぺろっと）した件ね。

「皆様、大変動揺していらっしゃるようにお見受けしますが……よろしかったら、お教えくださいますか？」

「あ、わたしも知りたいわ。アルウィン様が、とても意味ありげに……というか、なにかを企んでいるような悪い顔をなさってましたもの」

ちょいワルな感じにね。

大人の魅力がたっぷりな、セクシー筋肉将軍よね。

いじめっこな表情をしてもとびきり魅力的だなんて、アルウィン様は罪な男性だわ。

すると、リリアンと呼ばれたエルフの女性は「企んでいるどころではございませんわ！」とわたしに言ってから「あっ、大変失礼申し上げました」と慌てて頭を下げた。

うん、一応わたしはイスカリア国の王女ですものね。

メリッサには割とアバウトな感じに扱われているけれど、国を背負って立つ王女殿下なのよ。

「あら、気になさらないでくださいな」

でも、わたしはむしろアバウトに仲良くしてもらいたいので、エルフのお嬢様（立ち居振る舞いが明らかに貴族の令嬢だ）に笑いかけた。

「恐れ入ります。わたしはリリアン・エーデルスと申します。この度光栄にも、アラベル王女殿下の側仕えを拝命いたしました。どうぞよろしくお願いいたします」

「こちらこそよろしくね、リリアン。アールガルドでは、身分や立場をとても重んじる習慣があるのかしら？　イスカリアでは側仕えの令嬢とはとても仲良く過ごしていたので、こちらの皆様とも仲の良いお友達になりたいと思っていますのよ」

「アラベル王女殿下のように、大変尊くお美しい方とお近づきになれて、我が身の幸運を感じております。こちらに控えます、ロージー、フィーリア、ポピーナと共に、真摯にお仕えさせていただきます」

わたしはカーテシーで礼をする可愛いエルフのお嬢様たちに「よしなに」と笑顔で頷いた。

これで名乗りのマナーはバッチリね。

と、いうわけで。

「では、先程の続きね。アルウィン様のあれにはどんな意味があるの？」

「それでございますわ！」

頬をピンクにしたリリアンによると。

まず、指先への口づけは親しい女性への敬意の表れなので、割とよく見られるとのことだ。

「とはいえ、先程の閣下の口づけは、あまりにも長過ぎましたので、あれが普通だとは思わないでくださいませね」

「やっぱりそうなのね！　わかったわ、リリアン」

そして、問題なのは手のひらへの口づけだった。

「あれは、人前ではまず行いません。とても特別なものでございまして……ここがアラベル王女殿下の私室で、周りには側仕えの女性しかいなかったという先程の状況でも『自分はこの女性にすべての愛を捧げる』という宣言をしていることになりますの」

まあ……なんて熱烈な。

「その場合、相手の女性にはなにも求めず、ただ男性はひたすら愛を捧げる愛の奴隷として生きることも厭わないという、とてもとても重い誓いなのです」

「あ、愛の奴隷……将軍閣下って、そういうタイプの男性だったの？」

「違うから驚愕しておりますの！」

全員で声を揃えての、否定をいただきました。

「畏れながら……もしもあれを結婚式で行ったら、絶対に離婚はできませんわ。そして、男性が万一浮気などしたら、世界樹のもとにて即刻、死罪となります」

「ひっ、こわっ」

わたしは悲鳴をあげた。

物騒な口づけね！

「もしも、あの口づけを公の席で行ったら『この女性にちょっかいを出したら首を切り落とす』という意思表明になりますわ」

「そして、実際に切り落としても罪に問われなくなります」

「ひいいいっ、こっわ！」

わたしは不安になった。

政略結婚の相手に、そんなことを誓っちゃっていいの？

「でも……驚きながらも、納得しておりますわ」

「ええ、その通りです」

「え？」

わたしは目をぱちくりさせながら、エルフの侍女たちを見た。

「だって、アラベル王女殿下の美しさときたら……」

「日向の薔薇の色をした艶やかな髪に、可憐な姿で春を告げる、鮮やかなすみれ色の瞳」

「クリームのように白く滑らかな肌に、薄桃色の蕾のような唇」

「美しいのに愛らしいお顔でございますし、すらりとしたスタイルもお美しいし」

「将軍閣下のお心を捉えて離さないとしても、それは当然のことでございましょう」

まだきょとんとしたわたしに、メリッサは笑いながら「ですって、『淡き薄紅の蕾の姫』のアラベル様」と言った。

忘れていたわ。

わたし、他の国々にまでその名を知られた、名高い美姫だったっけ！

わたしは美姫にふさわしく、目を伏せながら「まあ……」と言ったのだが、同時におなかが『くう……』と言ってしまったので、美姫台無しだった。

仕方がないのよ、お姫様だっておなかが空くの！

「長い時間、なにも召し上がっていらっしゃいませんでしたものね」

「そ、そうなのよ」

そして、メリッサと優しい侍女たちは、わたしにお茶とおやつ（甘くて美味しい焼き菓子と、きゅうりとハムが挟まった美味しいサンドイッチよ）を出してくれてから、お風呂で髪も身体も綺麗に洗ってくれて、普段着用のドレスに着替えてから今度は美味しいディナーをサービスしてくれたのだった。

ごめんなさい、アルウィン様。

その間、わたしの恋心はお出かけしていたみたいです。

色気より食い気でございますわ。

第四章　世界樹の癒し

翌日、マリーお婆様の治療師としてのアドバイスで、わたしは世界樹の根元にある治療所にお邪魔して、身体中に流れる世界樹の波動の調整を行うことになった。

これは、どのエルフも幼い頃から続けていることで、エネルギーを上手く流すのに必要なことだそうだ。わたしやお母様はイスカリアに生まれ、この波動を長い間放置して、本来続けなければならないことをしないでいたから、いろいろと支障が出てきたらしい。

「アラベル姫のご母堂は、突然エルフの血筋が強く現れたのかもしれないな。そして、娘であるアラベル姫も同じように世界樹の波動を身体に持っている。今回あなたを我が国に招くことができたのは、とても幸運だった」

わたしに左腕を貸してくださいながら、アルウィン様がそう話した。馬車から降りたわたしは彼にエスコートされて、歩いて治療所に向かうところなのだ。

「そうですわね。アルウィン様のおかげで身体の魔力の巡りがとてもよくなりましたわ」

気づかないままだと、わたしもお母様のように床についていたかもしれなかったのだ。

マリーお婆様に感謝をしなければ。

そして、ピンク色の小さな、指の先ほどの球を出すだけのわたしの魔法はというと、手のひらサイズの球が出せるほどに成長した……のだけれど、やっぱり意味がわからない。

「それはよかった。兄上は人騒がせなこともあるが、最終的にはいつも幸運を引き寄せる才能を持っているからな。昨日の人攫いまがいの不調法を許してやって欲しい」

「あ……はい。ウォルティス国王陛下はかなり個性的な方ですわね。その才能の表し方も大変個性的で、わたしのような凡人には理解できませんが、今は感謝しております」

散々変態扱いしてしまったことを、後で謝罪しなくては。

アルウィン様は「大丈夫だ、わたしも時々理解不能になるからな。まあ、あまりに酷い時は姉上がなんとかしてくれるから安心してくれ」と笑った。

アリス王妃陛下は見かけが可愛らしい美少女だけど、大変な手腕をお持ちらしいわね。

「他国にもエルフの血を引く者がかなりいるのだが、床につくほどに身体を壊す者は少ないらしい。取り返しがつかなくなる前にご母堂のことに気づいて本当によかった」

「ええ、まったくですわ」

わたしは指先に腕の筋肉の張りを感じて『むふふふ、今日も最高の筋肉ですわ、筋肉の神よ、ありがとうございます』と思いながら、アルウィン様になるべく上品に頷いた。

今日のわたしは、アールガルド国のゆったりしたドレスを着用している。足元は柔らかな革でできた実用的な靴だ。このドレスはコルセットのように身体を締めつけないのでとても楽だ。治療院に行く時は、このような簡易な服装をすることが勧められているとのことである。

そういえば、昨日『世界樹に癒されてくるね』と去っていったウォルティス国王陛下も、シャツにパンツという気楽な格好をしていたし、アルウィン様も黒シャツに黒パンツにブーツ、そして光が当たると銀色に見えるグレーの上着をさりげなく羽織った、ちょいワル寄りで素敵なカジュアルなお姿だ。

脚が長くて筋肉が美しいので、シンプルなファッションがばっちり決まっている。

でも、そんなアルウィン様が一番カッコいいのは、隠すものがなにもない、ぜ、ん、……。

「子猫ちゃん、なにを考えているの？」

「にゃっ！」

突然耳元で囁かれて、わたしは飛び上がった。

「あなたは油断がならない姫君だな」

目を細めて、アルウィン様が意味ありげに笑った。

「ち、違います、わたしはそんな」

昨日拝見したアルウィン様の生筋肉に思いを馳せてなんていませんとも！

ええ！　そんな、はしたない！

「あなたのご母堂……オードリー王妃陛下の治療については、お姿が動いてくれている。

我らエルフ族は仲間意識が強いからな、遠い国で血族が苦しんでいると思うととても辛いのだ」

「ありがとうございます」

もう治らないと諦めかけていたお母様が元気を取り戻すかもしれないと思うと、わたしの胸に喜びが湧き上がってくる。

「だが、詳しい話は世界樹の元であなたの体調を完全に整えてからだ」

「王家の皆様に正式なご挨拶もせずに、よろしかったのでしょうか？」

「気にしなくていい。あなたの身体が最優先だと皆考えているからな。もう家族も同然だし」

「え、か、家族？」

わたしはドキドキしながら、そっとアルウィン様の顔を見上げた。

「それってつまり……」

「子猫ちゃんは、わたしの新しいペットになるから」

「にゃっ！」

「冗談だよ」

「んもう、どうしてアルウィン様はわたしのことをからかってばかりなのですか？」

将軍閣下はそんなキャラではないってことは、側仕えのお嬢様たちから情報を収集済みですわよ。

「ははは、八つ当たりかな？」

「八つ当たり？　わたし、なにかしましたか？」

「さあて、どうでしょうね、美しき薔薇の姫君よ。こちらが治療所街の入り口でございますよ」

王子様モードでまんまと煙に巻かれてしまった。この将軍は、腕っ節が強いだけではなくて、なかなかの策士のようだ。

でも、今日も眼帯がカッコいいから許す！

「わあ、すごいわ！　とても大きな木ですわね」

街の中央に、世界樹の巨木が立っていた。

「世界樹の名にふさわしい、魔力たっぷりの我が国の守護木だ。側にいたり、直接木の幹に触れたりしても身体を流れる気が整うが、ゆっくりしたい時には治療所を使う」

「すべすべで気持ちがいいわ」

わたしも木の幹に触らせてもらったけれど、なるほど、抱きつきたくなるような心地よさを感じる。母なる守護木ということなのだろう。わたしもこの木の娘なのだと思うと、なんだか嬉しい。

あまりに太くて、もはや壁？　と思うような木の下には、大きな青い、一階建ての建物が何棟も立っている。青いのはラピスラズリの石で作られているせいだとかで、これらが治療所だそうだ。そして、ここには国中から人が集まるので、大きな街ができている。

素敵なお店もありそうだし、時間があったらアルウィン様とお散歩をしたいわ……うふふふ、デートよ、デート。

「アルウィン将軍閣下ですね」

「将軍閣下にお会いできるとは……」

大通りを歩いていたら、訪れた人々の熱い眼差しを受けた。どうやらアルウィン将軍閣下は国民に大人気らしい。見た目がコワモテだけど、国を守る要となる、強くたくましく凛々しい将軍にして王弟殿下なのだから、手に旗を持って迎えられてもおかしくないのだ。

あとでこの国の人たちに、旗を作るようアドバイスをしてあげようかしら。

わたしたちが王族用だという建物に入ると、責任者らしき年配の女性が現れた。

「お待ち申し上げておりました」

この女性は貴族の婦人らしく、とても上品な方だ。

「今日はアラベル姫と世話になる」

「お部屋をご用意してございます。こちらの大変に魅力溢れる姫君も、ご一緒のお部屋でよいと伺っておりますが、よろしいでしょうか?」

「ああ、わたしの妻に迎える女性だからかまわない」

「まあ、将軍閣下の配偶者様にございますか！　それはおめでとうございます。さすがは閣下、美しいお嫁様でございますね、素敵ですわ」

妻！

お嫁様！

なんていい響き！

わたしが感動していたら、いじめっこさんに「ほら、あなたはペットじゃないだろう？」と鼻先をつつかれてしまった。

「それでは、こちらへどうぞお進みくださいませ」

「勝手はわかっているから、仕事に戻ってかまわないぞ」

アルウィン様は常連さんらしい。

「畏れ入ります。それでは、これにて辞させていただきますね。こちらが鍵になります」

木の札をアルウィン様に預けて女性が下がった。彼は「ここには頻繁に訪れているからな。慣れたものだ」とわたしに言った。

戦いに身を置く方なので、怪我を治しに頻繁にいらっしゃるのだろうか？

「兄上も、魔法を使いすぎてふらふらになったり、サボりたくなった時にはやってくるぞ。昨日もここでずっと寝ていたから、姉上に引きずられて王宮に連れ戻されたそうだ」

あ……なるほど。

ここはエルフの皆様の憩いの場なのですね。

建物の中は、治療所というよりも貴族のお屋敷のようだ。警備の兵士も立っているし、メイドらしき女性もいる。

奥に進んで、ドアに木の札を当てるとかちゃりと音がして、錠前が外れた。ドアを開けながらアルウィン様は振り返った。

「中に使用人を呼んでも大丈夫だが、わたしはいつもひとりで使っている」

「ええ、用事がある時に呼べばよろしいかと思いますわ」

「……そうか」

そう目を細めた表情が妙に色っぽくて、途端にわたしの胸の鼓動が速くなってしまった。

つまり、それは、密室にふたりっきりってことだったのだわ。

「そのような、怯えた子猫のような丸い目をしなくていい。無体なことはしないぞ？」

「にゃっ！」

わたしが軽く飛び上がると、アルウィン様は面白そうに笑った。

「ふたりきりの部屋のベッドで、あんなに抱き合った仲ではないか。今さら緊張することもない」

「ひょっ！」

確かに！

密室で、ほとんど全裸のあなたに抱きしめられましたよね！

動揺するわたしを見て、彼は身体をかがめてくっくっと笑った。

「すまない、いじめ過ぎたな。ここはあくまでも治療の場だから、あなたに変な真似をしたらマリーお婆の怒りを買ってしまう。せっかく可愛い花嫁が来るというのに、天に召されたくないからな。しっかりと自重するから安心してくれ」

「……偉大なる将軍閣下のことを、信頼申し上げていますので！」

『可愛い花嫁』のあたりで顔が熱くなったので、わたしは声を張って言ったが、彼に「はい」の一言で流されてしまった。

「もう、アルウィン様のいじめっこ！」

「おっと、子猫に引っかかれたら大変だ」

わたしはアルウィン様の背中をこぶしでぽかぽか叩きながら、部屋の中に入った。

ドアの先には続き部屋がいくつかあって、どれも広々としていた。一番奥が治療室だという。居間はもちろん、浴室や着替えのための部屋、軽い運動もできるほどの広い部屋があり、さすがは特別室なのだなと思った。

「服装はそのままでいいだろう。人によっては、ここに用意されたゆったりした服に着替えたりする。服を着ない者もいるが……」

あら。それでは、アルウィン様だけは脱ぐ、という選択肢はないのかしら？

淑女らしからぬ欲望の混じった内心の思いを隠しながら「はい。この服はとても着心地がいいので、このままで充分リラックスできると思いますわ」と同意した。

そして、治療室に入って驚いた。

一見寝室なのだが、ベッドがおかしい。

「これはもしや、世界樹の根ですの？」

部屋の床を突き破るようにして、ダブルベッド程の幅がある根が顔を出していて、その先はまた床の下に潜っているのである。根には大きな窪(くぼ)みがある。加工したのではなく、人をここに受け入れるために自然にできたものらしい。

至れり尽くせりな世界樹様、癒す気満々なのね。

「さあ、ここに横になろう」

ブーツを脱いだアルウィン様は、慣れた様子で根っこのベッドに横たわって手招きする。

「では、お隣に失礼します」

わたしも靴を脱いで、恐る恐るお邪魔をしたのだが、湿り気もなくちょうど良い感じに窪んで身体を包んでくれるので、大変寝心地がいい。謎の苔(こけ)が生えていてふわふわしているのも素晴らしい。これは世界樹の気遣いなのだろうか。

さらに、これは大切なことだが、アルウィン様は腕枕をしてくださった。

後頭部に感じる筋肉枕。

ご褒美をありがとうございます。

目を閉じると、根からは直接、世界樹のもつ波動だか魔力だか、名前はよくわからないが温かな力が自分に流れ込んでくるのがわかる。

「ああ……いいですね。この感じは、アルウィン様の癒しの力に似ています」

身体も心もふわふわとして、気持ちがいい。

「わたしのあれは世界樹に与えられた祝福だから、波動が似ているのだろう」

いつの間にかシャツの前ボタンを外したアルウィン様は言った。黒シャツの隙間に見える肌が色っぽく、大人の魅力をこれでもかと撒き散らしてくる。

わたしは鼻息が荒くならないように気をつけながら、ちらちらと観察した。

「このまま横になっていれば自然と気の流れが整う」

アルウィン様は横を向くと、筋肉枕と反対の手でわたしの手を握った。

わたしたちは手を繋いで寝転び、しばらく黙って世界樹の力を受け取った。身体の中に光が吸い込まれるような軽い感じでサラサラとなにかが動いて、循環がよくなっていくのを感じる。

ここはまるで、陽だまりの丘ね。

風が吹き、緑の香りを運んで来るわ。

華やかに香りを振り撒く大輪のダリアや、個性的なハーブ、名も知らぬ草に寝転ぶとどこからか聞こえてくる野鳥のさえずり。

「ここは気持ちのよい場所ね、アルウィン……」

そう、この丘はアルウィンとわたしのお気に入りの場所なのだ。

ギリガンの王宮に人質として住んでいるけれど、幼いわたしたちは監視と護衛をする騎士たちに見守られながら自由に遊ぶことができたし、それぞれに教師もつけられている。

だから、こうして仲良しの男の子と外を転げ回って元気に遊んで……。

え？

なに、この記憶は？

「アルウィン……？　エルフの王子様の、アルウィン？」

わたしは飛び起きて、驚くアルウィン様を見た。

「あなた、あの、アルウィン？」

七歳だったわたしの一番の仲良しの三つ年上の男の子は、エルフの国の王子様だった。サラサラの金の髪と青い瞳を持つ美少年は、わたしのことを妹のように可愛がってくれた。家族と離れて暮らす寂しさを、互いにまぎらわしていたのだろうか。

わたしはそのほっそりとした美少年をとても慕っていたのだ……お伽噺(とぎばなし)の中から出てきたような、細くて美しい、美少年王子……『わたしがあなたを守るよ、ベル』と、優しく手を握ってくれた……ほっそりした、少女のようにほっそりした、美少年の名は、アルウィン第二王子殿下！

「どうしたんだ、アラベル姫？」

「嘘でしょ、あの美少年はどこに行ったの⁉」

確かに面影は残ってるけど、あの線の細い優しげなアルウィンが、ちょいワル筋肉将軍に進化……じゃなくて、成長したの？

「もしかして、わたしのことをようやく思い出してくれたのかな？」

アルウィン様はそう言って身体を起こすと、繋いだわたしの手の甲に唇を落とした。

「わたしの可愛いベル、お帰り」

「えっ、ちょっ、待って！」

「あなたはお転婆な子猫ちゃんだったのに。会わないうちにこんなに美しい女性に成長していて、驚いたよ」

「……お転婆だとか生きが良過ぎるとか、いつもそんなことを言ってたわよね。遊び疲れたわたしを背負ってくれて、よろよろと歩いた細っこいアルウィン！」

「……『淡き薄紅の蕾の姫』はそんな言い方をしないものだろう。自分の力不足を感じたあの時に、わたしは身体を鍛えようと決心したんだ」

「いやだわ、そんなに重くなかったでしょ！　でも、アルウィンが立派な身体に育ってくれて、わたしも嬉しいわ」

わたしはピタピタと音を立てて、シャツの隙間から存在を主張するアルウィンの胸筋を叩いた。そして、淑女の仮面を投げ捨てて「あたたたた、痛いわ」と頭を抱えた。

「大丈夫か？」

「ん、平気。世界樹が思い出すのを助けてくれているわ」

幼い頃の記憶を辿(たど)ろうとすると頭痛がするのだが、そのたびに世界樹の根っこから爽やかななにかが流れ込んできて痛みを消し去っていく。

「そうだわ、どうして忘れていたんだろう……ギリガンの王宮で、毎日一緒に遊んでいたアルウィンのことを……」

次々と記憶がよみがえる。

そして。

『きゃあああああーッ！』

駆けっこをしていたわたしたちの足を止めたのは、あたりを切り裂くような女性の悲鳴だった。

鈍い音を立てて目の前に落ちてきた、人間だったものの塊。

地面に広がる、赤。

その頭には、黒髪を短く切られた女性の無残な姿が……。

『見ちゃだめだ』

小さな手がわたしの目をふさいだ。

『あれはベルが見ていいものじゃないから、忘れなさい』

『で、でも、アルウィン、女の人が……』

『いいから忘れるの。ベルはなにも見なかった。怖いものはなにもなかった』

彼の声も手も震えていた。

でも、わたしの目を塞ぐ手は吸い付いたように離れなかった。

『髪を切られてたわ、男の人のように短く切られた真っ赤な女の人が、落ちてきて』

『見てない、全部忘れて！　忘れなさい！　忘れなさい！』

そのまま、わたしは気を失った。

それからはよく覚えていない。

頭がぼんやりしていたわたしに、誰かがごはんを食べさせてくれて、お風呂に入れてくれて、そんな断片的な記憶しかなかった。それが何回もあってから……気がついたらわたしは、イスカリア国の自分の部屋で眠っていたのだった。

「アルウィン……あなたはあの頃はわたしをベルって、呼んでたわよね」

「そうだよ、わたしのベル」

「人質として暮らしていたあの国でたくさん遊んでおしゃべりして……なんで忘れていたのかしら？」

「わたしが、全部忘れるように言ったからだろうね」

アルウィン様……アルウィンは、少し寂しそうに言った。

「まさか、わたしのことまで忘れてしまうとは思わなかったけれど、それでベルが恐ろしい記憶から逃れられたのなら、わたしはかまわない。わたしはあなたを守りたかったのだから」

「アルウィン……あなたは……」

「ベル……くすぐったいんだけど」

「あら、失礼」

無意識のうちに筋肉を弄っていたわ！

いやもう、本当に、あの美少年が見事に育ってくれちゃって！

嬉しい驚きだわ。

「ベルはやっぱり、筋肉質な男性が好きなんだよね」

青年になった元美少年は、あの頃のように無邪気なふりをして言ったが、渋く眼帯を付けてセクシーにシャツの前を開けてるから、ギャップ萌え狙いにしか見えませんからね！

今の彼にぴったりな表現は、ワル落ちした堕天使かしら。

……ふっ、悪くないわね。

「さっきから、わたしのことを誘ってるみたいだし」

「えっ、そんなことは……してません」

わたしは手を後ろに隠して視線を泳がせた。

「そういえば、ベルは騎士によく懐いていたよね。あいつらの身体をじっと見つめていることもあったっけ」

「わたしが？　冗談よね？」

「抱っこされると、嬉しそうに肩とか腕とかにしがみついて」

「やっ、それは、落ちたら困るからよ、きっと。やっぱり気のせいではなくて？　だってわたしはまだ七つの子どもでしたのよ」

「あの瞳の輝き方は気のせいではなかった。可愛らしいあなたに無邪気にぺちぺちと腕を叩かれて、無礼にも喜んでる騎士に、わたしは少し殺意を持ったなあ……わたしは、外見をかなり褒められるエルフの王子だったのに、あっさりと敗北したよ……筋肉に」

「子どものやることとですから！　お気になさらずに！　あと、アルウィンが素晴らしく美しい少年だったのは確かですわよ」

「ひょろひょろとかなよなよしてるとか触ると折れそうとか、あなたに忌憚ない感想をもらっていたけどね」

「……それは、失礼を申し上げました」

根っこのベッドに座って向かい合うアルウィンに、わたしは謝罪した。

『ギリシーヤ神話論』に出会う前から、わたしにはそういう性癖があったみたいだわ。

そして、それをアルウィンに見抜かれていたなんて。

筋肉好きな美幼女もヤバいでしょう！

「ところで、あの時お亡くなりになっていた女性は……」

アルウィンは笑顔を消して、話してくれた。

「シャーズ王太子の悪ふざけの犠牲になった、貴族の子女らしい。国王の力で事件は揉み消され、王太子は酷い叱責を受けたらしいから、それからは自粛していたが、ここにきて現国王の力が弱まりシャーズの愚行に拍車がかかってしまったようだな」

「そうですか。邪神信仰にまで手を出すとは、止まるところを知らない勢いですわね」

「まがりなりにも神である存在が、あんな小物の呼びかけに応えるはずがないから、低位の悪魔でも絡んでいるのではないだろうか」

「……ああもう、あの男のことを考えるとイライラしてしまいますわね！」

わたしは脚をバタバタさせて、空想のシャーズに一発鋭い蹴りを入れた。

すると、アルウィンに「お見事」と褒められてしまった。

「他国の王太子を暗殺するにはいかないからな。警戒しつつ、状況を見守るしかない」

「ギリガンの国民は、クーデターを起こさないのかしら？」

「まだ現国王が存命だからな。回復に期待をしているのだろう」

「わたしもそう願いますわ」

そして、どこかの高い塔にあの変態王太子を幽閉してもらいたいわ。

「さて、美しく育ったお姫様」

「ええと、はい？」

「わたしのこの身体は、姫君のお眼鏡にかないましたでしょうか？」

「そっそれは、もう、文句なしの素晴らしいお身体にお育ちになりましたと存じます……なっ、なにをなさっているの？」

すべてのボタンを外したアルウィンが、ゆっくりと黒シャツを脱いだ。

「それでは、姫君にゆっくりと愛でていただけますか？」

えええええ、そんな、大胆なっ！

わたしを筋肉パラダイスに連れて行ってくださるの？

「そしてもちろん、わたしも薔薇の蕾を可愛がらせていただきましょう」

青く澄んだ瞳の奥に、欲望の光を揺らめかせた筋肉将軍が、ゆっくりとわたしをベッドに押し倒した。

「世界樹にはね……男女の交歓は、癒しの行為としてとても喜ばれるんだよ？」

「男女の交歓？　というと、ええと……」

野獣感に満ちたアルウィンを見上げながら、混乱する頭で考える。

思い出の中のアルウィンは、とても真面目で優しい少年だったから、今もきっと内面は変わらないはず。

筋肉のせいでお色気ムンムンちょいワル系に見えるけど、それはわたしの勘違いなんだわ。

だからこれは、男女が不埒なことをするという意味ではないと思うの。

「それは、互いに打ち解けあって楽しむこと、で合ってるかしら？」

わたしの出した答えを聞いた彼はいたずらっぽく笑った。

「……合ってるかな。交歓とは、あなたとわたしが互いについて理解し、より親密な関係になることだよ」

「やっぱりね！　では、アルウィンもリラックスして、わたしの隣に横になったらいいと思うわ。長い間会えなかったのだから、なにがあったのかいろいろお喋（しゃべ）りをしましょうよ」

「ベル……理解し合うのには、言葉を使わない方法もある。ほら、こうして」

アルウィンはわたしに覆いかぶさるようにして、鼻の頭にキスを落とした。

わたしは目を見開いたまま、イケメンの顔がアップになって、また去っていくのを見つめていた。

「これで、ベルの鼻の頭の温度を理解した」

鼻の温度……それって、理解するとどんな役に立つものなのかしら？

「ベルが最初に理解したいのは、ここの温度かな？」

彼は真面目な顔でわたしの手を取り、自分の胸に置いた……って、手のひらに、筋肉！

あったかいわ！

でも、これもなんの役に立つのかまったくわからない！

「さっきからずっと、触りたそうな顔で見てただろ？」

「うう、否定はできないわ」

「あとはどこ？　わたしのどこが知りたい？」

すべての筋肉が知りた……駄目よアラベル、がっついたらアルウィンに引かれちゃうわ。

わたしはもじもじと恥じらって（でも、手のひらは胸の筋肉にぴったりと貼り付けたまま）目を逸らした。

「そんなこと、急に言われてもわからないわ……あら、意外と鼓動が速いわね」

手のひらに伝わるのは、温度や筋肉の張りだけではなかった。

指摘されたアルウィンは、困ったような顔で「しまったな。余裕がないのがバレてしまった」と呟いた。そして、わたしの横に身体を横たえた。

「あなたがイスカリア国に帰ってしまい、わたしもそのあとすぐに祖国に戻されたんだ。あなたに連絡をとりたかったのだが、恐ろしい経験でショックを受けたためにギリガン国での記憶がほとんどなくなってしまったということで、取り次いでもらえなかった」

「……ごめんなさい」

「いや、あなたが傷つくくらいなら忘れ去られた方がましだ。それに、こうして再会して思い出してもらえたから、わたしはそれで充分だ。でも、ずっとあなたのことを想い続けていたことは忘れないで欲しい」

彼はわたしの顔を見て「時々、兄上がベルの絵姿を手に入れてくれてたんだよ」と笑った。

「わたしは、あなただけを想って生きてきた。だから、あなたと結ばれることができたら、これほど嬉しいことはない。ベルはわたしのことをどう思っているのだろうか」

「ええと……忘れなさいと言われて、素直に全部忘れちゃうくらいに、アルウィンのことを信じていたし、大好きだったわ」

「大好きだった……か。今は？」

「今は……ねえ、そういうのって意地悪だわ！」

アルウィンは身体を起こして、わたしの額先を撫でた。

「おや、心外だな。大人になったあなたにも、好意を持ってもらえたと思ったのに……こうして触れても嫌がられないくらいには」

彼はわたしの頬に触れて「わたしはベルにずっと触れていたい。あなたはそうではないのかい？」と尋ねた。

うううう、なんてずるい男なのかしら！

わたしがアルウィンの身体に触れたくないわけないじゃないの！

もう、激しく撫でくりまわして、身体中をわたしのものにしてしまいたいわよ！

「……アルウィンの、いじめっこ」

涙目で彼を見ると、アルウィンは「あー、それは反則だろう！」と言って天井を見上げてしまった。そして、ちらりとこちらを見る。

「はうっ」

上半身が裸の、好みのど真ん中筋肉が、あまりにも色っぽい流し目をしたので、わたしは息が止まりそうになる。

「やめてよ……そんな、大人の男の人みたいに見ないで」

ドキドキする胸を押さえて抗議すると、彼は「そんなことを言っても、わたしは大人になったんだから仕方ないじゃないか」と面白そうに言った。

「ベルも、大人の女の人だろう。だって……こんなにもわたしを誘ういい香りがする」

アルウィンがわたしのピンク色の髪を手に取って口づけたので、わたしは「それは洗髪剤の香りじゃない？　アールガルドのものは高品質で香りもとてもいいのね。気に入ったわ」と、わざと的を外したことを言った。

だが、それは裏目に出た。わたしは常勝将軍と違って、勝負事に弱いのだ。

「そうか、髪では駄目か」

「きゃっ」

急に抱きしめられたわたしは小さな悲鳴をあげた。

ちゃんと淑女らしく声が出たので、少し満足していたが。

「うひゃあん！」

首のところに顔を埋められて、やっぱり変な声が出ちゃった！

「ここならちゃんとベルの匂いがする」

「やあん、アルウィン、首はやめてよ」

どうして？」

「あんっ」

彼はわたしの首元に顔を埋めてくんくんと匂いを嗅ぎ、おまけに首筋に沿って舌を這わせ始めた。

「……ベルの味がする」

「やだ、もう、なんでそんなことを、いやあん、ゾクゾクしちゃうからやめて！」

「美味しくてやめられないな。大人のベルは、首が弱いんだね」

「舐めては駄目って、言ってるでしょ、もうっ」

わたしは身をよじってアルウィンの腕から抜け出ようとしたが、がっしりむっきりしたたくましい腕はびくともせずにわたしを捕まえて、離してくれない。

大きくて熱い舌が敏感な肌の上をぬるぬると進むと、なぜか下腹部がもぞもぞしてきてたまらなくなる。

それに、なにかを漏らしてしまいそうな変な感覚になってきた。

「もう、やめて、変なことしなんんんんんーっ」

舌が這い上がってきて、わたしの口にねじ込まれた。口いっぱいになるほど入ってきた舌はとても熱くて、わたしは口腔内をかき回されながら身悶える。

貪るように唇を奪い、激しく口づけられたわたしは、抵抗しようとアルウィンの背中に爪を立てる。でも、よく鍛えられた背中の筋肉はわたしの細い指など軽く弾いてしまい、その弾力の素晴らしさに余計におなかの中がきゅんきゅんと疼いてしまった。

背中までセクシーなんて、本当に罪な男ね！

「んふっ」

いやん、わたしの鼻息が荒いわ。

わたしは筋肉に対して弱過ぎる、ちょろい女だわ……。

彼はそのままわたしに覆いかぶさってまたがり、下半身をぴったりとつけてきた。

「ねえアルウィン、こんなの、いけないわ。わたしたちはまだ、正式な婚約者じゃないのに」

「……ベルが可愛過ぎるから、仕方ない」

「でもね、本当にこんなことは駄目だと思うの。わたしを身持ちが悪い女にしないで」

「大丈夫、最後まではしないから」

最後ってなによーッ！

全然大丈夫じゃないわ、あなたの瞳は獲物を前にした野獣になってるじゃないの！

「それに、責任は取る。ベルは絶対にわたしの妻にするから」

それは嬉しいんだけど……え？

なんか、当たってる……んですけど。

この、こりっとした股間の塊って。

って、手が！

アルウィンの手が、わたしの、服を、脱がしていくーッ！

「やん、もう、えっち！　アルウィンのえっち！　脱がしちゃいや！」

「わたしだけ脱いでいるのは不公平だし。男女の交歓だから、互いにもっとわかり合おう」

「わかり合い方が違う気がするわ、やっ、ほんとに」

抵抗するわたしの両手は頭の上にまとめられて、文句を言う口を塞がれる。あっという間に上半身が露わになってしまった。

「んーっ！　んーっ！　んーっ！　アルウィンのえっち！」

「ああ、ベルの身体を感じる……」

わたしが暴れると、アルウィンの前で膨らんでいるものに刺激が伝わるらしくて、彼の暴れん坊がどんどん存在感を増してきた。

これはまずい。経験のないわたしにも、これが乙女のピンチであることはわかる。

「ねえ、こんなところでこんなことをするのは、世界樹に対して、きゃあっ、おっぱい揉

まないでよ！」

剝き出しになった白い膨らみを、アルウィンの手がやわやわと揉んでいた。その先の尖りを弾かれた時、わたしは「ああん」と色を含んだ鳴き声をあげてしまった。

「……ここ、弱いな」

彼は、わたしの耳を口に含んでいやらしくねぶりながら、胸の先を指先で転がしていたぶった。

「んっ、違うわ、やんっ」

「……違わない。ほら、こんなにもコリコリと固くして、いやらしくなってる。感じる？」

「んふっ、あんっ」

口を塞ぎたくても、両手はまだ頭上で拘束されたままだ。

「気持ちいい？」

耳の穴にまで舌を差し入れて、アルウィンはわたしの弱いところを二カ所同時に責め立てた。胸を揉みしだいては固くなった先を摘んで転がして、耳や首に舌を這わせて口づける。さすがは将軍、容赦がない。わたしはあんあんと恥ずかしい声を出しながら、身体をよじって快感から逃れようとした。

くぷり、と、脚と脚の間から、なにかが溢れるのを感じて、わたしは身体をこわばらせた。勘のいいアルウィンは、薄く笑うとドレスの中に手を入れた。

「あっ、いやよ、そこは駄目！」

「この子猫ちゃんは駄目が多いな。この中にどんな秘密を隠しているんだ？」

「やめて、本当に、ああっ！」

下着の中に長い指が滑り込んで、必死で閉じようとする隙間をほじるように動かした。

「いやあーっ、そこは、そこは駄目なのっ！　あああん！」

ぬるん、ぬるん、と秘密の場所を擦られて、わたしはあられもない鳴き声をあげてしまう。

「……ほら、こんなに濡らして。ベルは悪い子だね」

アルウィンは濡れた指を見せつけるようにしてから、ぺろりと舐めて「ベルの味がする」と笑った。

「ちょっと待って、アルウィン」

身体の熱をどうしてくれようかと考えながら、わたしはアルウィンを止めた。

ここは癒しのための、世界樹の療養所だったはず。

なのに、なんで（ほっそりした美少年が成長した）お色気筋肉イケメンに、恥ずかしいことをされているの？

そして、なぜわたしの身体は初めての刺激に反応して、こんなにも疼いてしまうの？

きっとアルウィンの身体から、なにか怪しい波動が出てるんだわ。

『筋肉けしからんパワー』とかね！

「待ってって、言ってるでしょ」

「……ここは待たないでと言っているけど？　ほら、こんなに締めつけてくるし、芳しくていやらしい液体が溢れているよ」

彼が指を蠢かすと、裏切り者な下半身からくちゅりと湿った音がした。

「それに、ここをこうすると、気持ちがいいだろう、ほら」

「ああん！」

「ここだね、ほら、ここ」

「やあっ、もう、そんなにしないでっ」

くりっと引っ掻かれたところから快感が広がり、わたしは身体を震わせた。

「こんなに濡らして悪い子だ……いや、いい子なのか。素直な身体をしている」

「違うの、そういう問題ではないの！　この場所で、こんな不埒なことをしては、よくないんじゃないかしらって思うんだけど」

アルウィンは『なにを言っているのかわからない』という顔をして見せた。

「……いや、まったく問題はないが。ふたりで横になれる世界樹の根があることから、そういう場所だとわかるだろう」

「……え？」

「わざわざここに子作りに来るカップルもいるほどだ。世界樹のおかげで気の流れが整って、妊娠しやすく安産になると言われているからな。そして、互いに愛を交わし合う者も利用する。こうして愛し合う男女がより親密になることで、世界樹もその力が増すのだ」

「えええええーっ、それは初耳なんですけれど！」

そういう場所なの？

身体の調子が悪い人が療養するだけではないの？

わたしはここに来ることを勧めた時のマリーお婆様の言葉を思い出した。

『赤子はふたりで作るものだからのう。健やかな気の流れる身体から健やかな赤子が生まれるのじゃぞ』

あれは、わたしがアルウィンと結婚してからの話ではなかったの？

まさか、世界樹、即、子作り！　的な意味だったなんて。

ああ、ここはエルフの国、いろいろと常識が違っていたのね！

「あのね、アルウィン。イスカリア国ではきちんと婚約をしたパートナー以外の男性と、その、赤ちゃんができるようなことをするのは、とてもはしたないことだと言われているのよ。だからね……」

「大丈夫、わかっている。わたしはあなたと一緒になることを想定して、イスカリア国についてあらゆることを調査しているからな」

さすがは将軍閣下！

わたしの名誉が守られることがわかって安心したわ。

「だから、妊娠しないように最後まではせずに、あなたをたっぷりと可愛がって、愛してあげる。今日は結ばれる日に備えて、身体をほぐす日だからな」

「全部、結ばれる日にすればいいじゃない」

「いや、わたしは婚約したら即、ベルのここに埋め込んで繋がりたい。そのために、今から柔らかく広げておきたい。ベルも痛いのは嫌だろう？」

そう言うと、アルウィンはパンツを押し下げて、股間にそそり立つ立派過ぎる凶器を見せた。

「これを入れるのは、一日では無理だろう」

ひいいいいい、ちょっと待ってえええええーっ！

巨大にも程があるから！

大きく育てるのは筋肉だけでよかったのに！

わたしが両手で彼の胸を押し退けてイヤイヤすると、彼は驚いた表情になった。

「なぜだ？　わたしはベルのことを愛しているし、一生、すべてをあなたに捧げると誓った。まさか、あなたはわたしを愛しては……いないのか……」

「愛してます！　結婚するのはあなたしかいないと思ってるし、アルウィンのことはとても好きよ！　早く正式な婚約をしたいわ！」

「よかった。じゃあ、たくさん気持ちよくして、絶対にわたしから離れられないようにしてあげる。わたしのモノがないと生きていられないくらいに、何度も入れて身体に形を覚え込ませて……ベルからおねだりするようにしてあげるからね」

彼は少年のようないい笑顔で、とんでもないことを宣言した！

「どうしてそうなるの？」

「ただひとりの女性に愛を捧げて、身体も心も我が身に寄せてもらう、それがエルフの男性というものだからだ」

それって、溺愛ドロドロ快楽堕ちコースが決定したということですか⁇

「もう逃さないよ、わたしだけのベル」

アルウィンの澄んだ青い瞳の奥には、仄暗い執着の炎が見えた。


「ああ、とてもいいよ、ベル。もう指を二本呑み込んで、生き物のように蠢いて引き込むようになった……恥ずかしい？　いやらしい穴をわたしにいじられて、腰が踊っているのが恥ずかしいの？　こんなにびしょびしょに濡らして悦んでるよ、可愛いな」

「意地悪……言わないで……」

「ふふっ、また締めつけてきた。ベルはいじめられるのが好きなんだね。この粒も虐めてあげる」

「ひうっ」

これは、様々な条件が重なって起きた、不幸な結果なのだと、涙を流して喘ぎながらわたしは頭の片隅で思った。

純真な少年だった幼いアルウィンは、わたしのことが大好きで、守りたいと思ってくれていた。ところが恐ろしい事件が起きて、わたしは彼のことをすっかり忘れてしまう。

アルウィンは心に傷を負いながらも、いつか再会しわたしが思い出すことを信じて、身体を（筋肉好きなわたしのために）鍛えまくり、エルフにしては飛び抜けたムキムキ筋肉ボディを手に入れた。

そして……『ギリシーヤ神話論』にも記述されていたのだが、筋肉は男性の精力を高める……つまり、ムラムラしやすい身体の原因になるらしい。

アルウィンは、鍛えれば鍛えるほど募るムラムラをすべてわたしに向けて生きてきた。

十年間も。

十年間もだ！

若い男の十年分の性欲が、今、全部まとめて、わたしに向けられているのだ！

こんなもの、どうやって受け止めればいいの⁇

教えて、エルフの神様！

「なにを考えている？」

アルウィンは、わたしのスカートの中から顔を出して尋ねた。その指はわたしの恥ずかしい穴の中に埋められて、指先で感じやすいところを探り出してはいやらしく擦ってくる。

「そうか、こっちも擦ってほしいんだな。そら、ここもいいだろう？」

「やあん！」

「可愛いな。愛しているよ、わたしのベル。身体中のどこもが綺麗で魅力的で、わたしにいたぶられるのを待っているね」

彼は満足そうに笑うと、またわたしの脚の間に戻って、舌でねっとりと秘密の場所をねぶり始めた。何度も何度も舌が往復して、そこに隠してあった小さな蕾を責め立てる。

同時にわたしの中に侵入した指が、ぐちゅぐちゅと湿った音をたてながら濡れそぼった肉襞（ひだ）を掻き分けて、彼の持つ肉棒を入れるための準備に勤しんでいる。

「やっ、もう、許して……」

「いつまでも生殺しじゃかわいそうだから、一度イっておこうか？　気持ちがいいことを身体が覚えて、もっと欲しがるように調教……いや、お勉強しよう」

今、調教って言った！

やだやだ、アルウィンの馬鹿！

親切な騎士だと思っていたら、とんでもない裏の顔を持っていたわ！

「わたしはベルのことが欲しくてたまらないけれど、ベルは男性についても男女の交歓についてもよくわかっていないだろう？　無理にことを進めて、わたしと愛し合うことが負担になったら悲しいよ。ベルにも、もっとわたしを求めてほしい。それにはやっぱり……」

アルウィンは、半裸のその身体を筋肉でムンムンさせながら、ひよこを愛でるような笑顔で「たくさんイケるようになろう！」と言った。

いろんな意味で、ミスマッチである。しかし、正直に言って、男性を知らないわたしの身体がきゅうううう一っと感じてしまった。

みんなアルウィンが悪い。王子でちょいワル将軍でギリシーヤも真っ青なナイスなボディを持つ、アルウィンが悪いのよ！

「女たらし……」

「心外だな。わたしにとっての女性はベルだけだって言うのに」

悲しげな顔をしたアルウィンは、わたしの両胸に手を置くと、やわやわと揉み出した。

「こうして触れたいのも、結婚して家族になり、わたしの子を成してほしいのも、この世でベルひとりだけなのだよ？」

「んんっ、言葉と行動が一致してないから、説得力がないわよっ」

そう言うわたしも、槍を振り回したらそこには敵の屍しかない、とまで言われている無双将軍のたくましい手で、恥ずかしいふくらみを揉まれていると思うと身体に震えがくるくらいに敏感になってしまい、あっという間に快感に飲み込まれそうになる。

「誓ってもいいが、わたしは他の女性には一切興味がないし、ベルのことは興味があり過ぎて全てを知りたいし、研究し尽くしたいと思うほどだ……ベルが好きなのは……ほら、ここだろう？」

「ひっ」

両方の胸の先をぎゅっと摘まれたわたしは、痛みに顔を歪めた。

「痛い？　でも……痛みが気持ちがいいんだろう？」

「違うわよ、そんな、変態みたいに言わないで……やあん」

「こんなに固くしているくせに。可愛くていやらしい乳首だな」

アルウィンは尖ったピンク色の蕾を口に含むと、舌先で転がしたり唇で挟んだりして弄んだ。わたしは感じやすい弱点を執拗に責められて、腰が勝手に動いてしまう。

彼はそんなわたしの反応を満足そうに見ながら、右手をまたスカートの中に滑らせて、そこに隠してある蕾を見つけて転がし始めた。

「あっ、やあっ、アルウィン、そっちと一緒にしたら、駄目なの」

「駄目じゃなくていいのだろう？　両方ともコリコリだ」

「やっ、やだ、おかしくなっちゃうから、いや、やめて、ああっ、あああああーッ！」

胸の先を甘噛みされながら、ぬるぬるに濡れた花芯を素早く擦られて、わたしは頭の中が真っ白になってしまった。

快感に貫かれた身体が反り返り、痙攣する。

「よかった、ベルも大人の身体に育っていたな」

まだ腰がひくついているのに、アルウィンは執拗に肉芽を弄り続ける。

「やあっ、もう」

「大丈夫、たくさん気持ちよくなってごらん」

「やっ、んっんんんんんーっ！」

唇をキスで塞がれて、小さな花芯と赤く腫れ上がった胸の尖りを転がされ擦られたわたしは、間髪入れずにまた高みに昇らされてしまった。

「すごく濡れている」

じゅぽじゅぽといやらしい水音を立てて、彼はリズミカルにわたしの中に指を差し込んでは引き出した。ちゃんと感じやすいところに指先を引っ掛けるのを忘れない。

「や、もう、むり」

涙と涎(よだれ)を流しながら訴えても「すごく気持ちがいいだろう？　大丈夫、こんなにほぐれたらわたしのものも全部飲み込めるようになってるはずだから。正式に婚約するのが楽しみだな」と笑顔で身体を弄り続ける。

筋肉で勝負する男を舐めていた。彼らは倒れるまで動き続けるという、恐ろしい人種なのだ。

鬼だ、鬼がここにいる！

この躍動感溢れる筋肉野郎は、わたしがたおやかな箱入りの令嬢であることを、まったく忘れているに違いない！

「も、許し……ひうっ……」

「可愛いよ、ベル、愛してる」

喉がかすれて、息も絶え絶えになったわたしは、いっそ気を失ってしまいたいと思いながら、感電するかのように身体を突き抜ける快感に翻弄され、とうとう悲鳴すらあげられなくなっていた。

こんなにも続くのは、おそらく世界樹の波動だか魔力だかが、わたしたちの交歓を応援しているからに違いない。

でなければ、わたしの命はとっくに天に昇っているはずだ。

昇天だけに！

「大好きだよ、わたしだけのベル」

アルウィンの色気がダダ漏れすぎて辛い。

この人でなしの身体を見て欲情してしまう自分も辛い。

でも、セクシーな筋肉に身体が勝手に反応してしまうのだ。

「や……ら……」

死ぬ。

もう、死んじゃう。

美しい彫像のような悪い男は、わたしの身体をじっくりと観察して次々に快楽の泉を探り当てながら、これでもかと絶頂を迎えさせた。そしてとうとうわたしは体力がつき、世界樹のフォローも間に合わず気を失ってしまったのであった。

「白目を剝くベルも可愛い……食べてしまいたい……」

こっの、変態筋肉！

『すごいすごい。アラベルの中の道が綺麗に通ったよ』

『世界樹さんにお礼を言わなくっちゃね。あと、あのえっちな将軍にもね』

『本当にえっちだったね。でも、アラベルはああいう男が好きなんだから、仕方がないかー、ハンサムだし』

『仕方がないねー、アラベルの好きな、あの本の人みたいな身体だもんね、あのえっちな将軍。早くふたりの子供が見たいなー、可愛いだろうなー』

夢うつつでいると、そんな声が聞こえてきた。

アルウィンは誰が見てもえっちなんだわと、少しおかしくなる。

あと、誰だか知らないけど、わたしの愛読書をしっかり把握しているわね！

言い訳をすると、えっちなところが好みなのではなくて、たくましい筋肉が好みなのですよ。そこをお間違えなく。

「あ……ら？」

目を開けると、わたしはきちんとドレスを着て世界樹の根のベッドに横たわっていた。

身体が軽くて、アルウィンに恥ずかしく責められ鳴き叫びながら大暴れしていた痕跡がまるでない。

まるで、すべてが夢だったようだ……って、嫁入り前の淑女があんな淫夢を見ていたら大問題よね。

「アラベル、身体の調子はどうだ？」

そこには、服を着て筋肉を隠してしまったアルウィンがいた。わたしにカップを差し出したので、受け取る。中には透明でしゅわっと泡が出る冷たい飲み物が入っていた。

「とてもいいわ……ありがとう」

おかしい。

再会した時のように落ち着きのある将軍は、ついさっきの狂態の名残りなどまるで見せない。やはりあれは、わたしの夢？

カップに口をつけると、急に喉の渇きを感じて、わたしはほんのり甘くていい香りのする飲み物を一気に飲み干した。

「美味しいわ」

「お代わりもある」

アルウィンが手に持つ瓶の中身を注いでくれたので、今度は少しゆっくりと飲む。このしゅわっとした感じには覚えがある。お婆様がくれたのと同じように、世界樹の雫が入っているのだろう。

「身体は綺麗に拭いておいたよ」

「ひょっ」

わたしは変な声を出して、カップを取り落としそうになった。やはりあれは夢ではなかったようだ。

「あの、申し訳ございません……」

わたしはカップを脇にある小さなテーブルに置くと、両手でそっと顔を覆って俯いた。

思い出すと、恥ずかし過ぎて息の根が止まりそう。

「気にするな。騎士をやっていたから、ひと通りの看病には慣れているから大丈夫だ」

「さすがでございますわね」

違うわ、そうじゃないの。拭いた場所が問題なの。

「……ベル」

彼は素早くベッドに腰をかけると、わたしの手を顔から引き剝がして言った。

「そんな他人行儀な話し方をしないで欲しい」

彼は素早くわたしの唇に口づけると「今、わたしたちは恋人同士で、すぐに婚約者同士に、そして夫婦となるのだから……あの頃のように砕けた話し方をしてもらいたいな。駄目か？」と、可愛らしく首を傾げた。

駄目か？　じゃないでしょう。

今は美少年じゃなくなったのよ、あなたは無敵の筋肉将軍なのよ。

惚れ惚れするような立派な体格の、背が高くて足が長くてやたらとカッコいい男性が、そんな風にあどけなく首を傾げるとか、あざとい仕草をしたって……したって……可愛いじゃないのーっ！

やめて、ギャップ萌えでわたしをクラクラさせないで！

「わ、わかりました……わかったわ。では、遠慮なくお話しするわ」

「ああ」

彼はわたしの手を持ち上げて、ちゅっと音を立てて指先に口づけるとニヤリと笑った。

「隣の部屋に、軽い食事が用意してある。あの頃のように背負って行こうか？」

「ひとりで歩けるから無用よ」

「わたしの身体を鍛えるためにと、ベルはよくそうしてくれたじゃないか」

　そうね、ウエイト代わりなのよなんて言いながら、アルウィンの背中にのしかかって甘えてたっけ。今考えると、他国の王子にとんでもないことをしていたわよね。

「将軍閣下には、それ以上鍛える必要性が感じられませんが？　……アルウィンったら、昔のことを根に持っているの？　そういうのって騎士らしくないわよ」

　彼は肩をすくめた。

「そんなことはない。ただ、少しでもベルに密着していたいという気持ちのあらわれで、他意はない。むしろ、わたしを積極的に乗り物がわりに使ってもらいたい、なんなら椅子役も辞さないぞ、一生ベルのお尻の下に敷いておいて欲しい」

　いやあん、やっぱりえっちで変態だった！

「お、お尻とか、あなたってば下心満々じゃないのよ！　きゃあっ」

「可愛いんだから仕方がないだろう！」

　お断りしているのに、わたしはアルウィンに抱き上げられて頬擦りをされ、そのまま抱っこされたままダイニングルームに行き、なぜか膝に乗せられて、ひと口ずつ彼の手で食事を取らされたのだった。

少し（アルウィンの腕枕で）休み、休憩所を出たわたしたちは、馬車の待合場に向かいながら、世界樹周辺の街を少し歩いた。なかなかわたしを下ろしたがらないアルウィンに「どのくらい身体が軽くなったのかを、歩いて確かめたいの」と説得して、無事に自力で歩いてみたところ、身体のエネルギーがうまく循環しているのを感じる。

これなら、魔法が使えるようになっているはずだ。

きっと、ピンクの球が前よりも大きく作れて……巨大な球を作ってなんの役に立つのかしら。

まあ、ともかく、馬車に乗って無事に王宮に戻ってきた。そろそろ夕方という時間なので、今夜のディナーはようやくアールガルド国の王族と共に摂ることができる。

いわゆる晩餐会だ。

エルフのお料理をいただくのも楽しみだけど、アルウィンとの婚約及び婚姻について話し合っておかなければならないことがたくさんあるし、国で伏せっているお母様の治療についても早く話を進めたい。

そんなことを考えながら、わたしはメリッサ、リリアン、ロージー、フィーリア、ポピーナというやる気に満ちた側仕えたちに身体を預け、お風呂に入って磨き上げられた。

「アラベル様、なんだか……妖艶になられました？」

「ひぇっ？」

メリッサの問いに淑女らしからぬ声を出してしまったわたしは、咳払いをしてから「ごめんなさい、しゃっくりが出てしまったわ」とごまかした。

「妖艶だなんて、生まれて初めて言われたわね。どのあたりが妖艶なの？」

「お肌の透明感と、吸い付くようなむっちり感でしょうか。一皮剝けたような、少女が大人になったような……新しい魅力が感じられますわ。短時間でこんなにも変わられるなんて……ええ、姿勢もよくなっているみたいですわ。しゅっとしています」

リリアンも頷きながら同意した。

「確かに、元々お美しいのに、一段と大人っぽくお綺麗になられたみたいです。これは世界樹の力なのでしょうね」

「ええ、そうね。それしか思い当たらないものね、その通りだわ！」

わたしは上品にほほほと笑って見せた。内心では冷や汗ダラダラである。

だって、それもあるとは思うけれど……妖艶なんてことを言われるのは、アルウィンとのエロエロなあれこれのせいじゃないかしら。薔薇の蕾のアラベル姫は大人の階段を上ってしまったのよ。悪い筋肉将軍に、固い蕾をいたずらされてしまったの。

あっ、駄目よ、思い出したらまた身体がエロエロモードに入っちゃうわ！

本当に罪な男ね……。

わたしは脳裏に浮かぶ、眼帯をつけてニヤリと笑うちょいワル将軍を急いで搔き消した。

「世界樹の波動のおかげね。治療所に行ってからは驚くほど身体が軽いし、とても調子がいいのよ。リリアンたちもあそこに通っているの？」

「はい。王宮に勤める者にも専用の建物があるんですよ。とても素敵なんです。だから、お休みの時に定期的に行くようにしています。体調ももちろん、髪や肌も潤うし美容効果が高いので……メリッサ様も、ぜひ足を運ばれるとよろしいですわよ」

「絶対行きます！　アラベル様、いつお休みをもらえますか？」

わたしよりも年上のメリッサは、かなり前のめりになって言った。美容効果はやはり気になるポイントなのだろう。

ドレスを選ぶ時に、わたしたちは悩んだ。ピンク色の髪が可憐な十七才のわたしのドレスは、乙女路線とか儚げな妖精路線とかとにかく可愛い路線とか、メルヘン寄りなものばかりなのだ。でも、それらはどれも、大人っぽくて精悍なアルウィン将軍の隣に並ぶには子どもっぽ過ぎる。

つまり、わたしは今のアルウィンと釣り合わないのだ。

以前の美少年のまま、線の細い美青年に育っていたなら違ったけれど、むっきむきのムンムンの大人の色気が零れ落ちる美丈夫には、フリルとリボンとレースで飾られた純真無垢（見た目はね）な姫君はミスマッチもいいところだ。

「……とりあえず、レースを外して首周りの露出を増やしてみましょう」

「リボンも要りませんわね。代わりにパールを縫いつけて飾るとよろしいかしら？」

「ええ、落ち着いてよいと思いますわ」

側仕えレディース、ありがとう！

彼女たちの努力で、薄い水色のドレスが妖精モードから大人寄りになってきた。さすがにフリルは取れないのだが、甘さはあるものの結婚を控えた令嬢としておかしくないドレスだ。

ギリガン国に行くと思っていたから、適当に選んでしまったのが仇になったわね。でも、シャーズ王太子にはお子ちゃまだと思わせた方がいいと思って、ことさらフリフリふわふわなものをあえて選んだのよ。

「お化粧も、心持ちしっかり目にして……ええ、大変美しゅうございますわ」

「ありがとう、本当にありがとう、皆様！」

側仕えレディース、すごい！

鏡の中には、品がよくてほんのりと大人の色香もある、『花開く薄紅の薔薇の姫』が映っていた。

第五章　婚約と世界樹

「……アラベル、なんて美しいんだ」

　晩餐会のためにわたしを迎えに来たアルウィンは、そう言って恭しくわたしの手に唇を押し当てた。

　何度も死線を越えてきた将軍には巌（いわお）のような落ち着きが備わっているのだが、二十歳の若者の持つ瑞々（みずみず）しさも持ち合わせている。その絶妙なバランスの間から滲（にじ）み出る男の色気に危うく女性の本能を呼び覚まされそうになり、身を任せてしまいたくなるのをなんとか踏みとどまる。

「あなたのような麗しい女性を娶（めと）れるわたしは、世界一幸せな男だな」

「あ……ありがとう」

　わたしは笑顔でお礼を言った。

　ギリシーヤも真っ青の筋肉イケメンを夫にできるわたしの方が幸せかな？　とも思ったけれど、余計なことを口にすると溺愛モードに切り替わりそうなのでやめておく。

「こんなにも可愛らしい宝石のような姫君を、たとえ家族であっても他の男には見せたくない……」

アルウィンはわたしの瞳を覗き込みながら、指の背で下唇をゆっくりとなぞった。

「あっ」

膝から力が抜けてしまい、かくっとよろけたところで、腰を抱き抱えられた。すると、わたしの下腹と彼の足の付け根が擦れ合い、そこに存在感のある固さを感じてしまった。

視線を絡ませたまま、アルウィンは微かに笑って「このまま連れ去りたい気持ちでいっぱいだよ、わたしのベル」と囁いた。

ヤバい。

ほのかな色気ではなく、魅惑のセクシャルパワーが全開である。

蜘蛛（くも）の巣に引っかかった蝶（ちょう）のように身動きが取れず、誘惑の甘い香りに身体が反応してしまう。

「アラベル様、いけませんわ、お気をしっかりなさってくださいませ」

「妖艶になられたのって、もしや……」

「こんな将軍閣下、またしても初めて拝見いたしましたわ」

そのまま彼の魅惑の瞳に飲み込まれそうになっていたわたしは、慌てる側仕えたちの声でなんとか自分を取り戻した。お母様のためにも、この晩餐会を欠席するわけにはいかないのだ。

「アルウィン様、さあ、ディナーの席に案内してくださいませ」

目を細めてから身体を離した彼は「承知いたしました、わたしの姫」ともう一度手に口づけてから、わたしをエスコートしてくれる。そして、廊下を歩きながら話してくれた。

「兄上が、イスカリア王家に連絡をしてくれた。あなたの家族は、ベルが我が国で無事で過ごしていることも、わたしが婚約を希望していることも知っている。兄上は『この婚約を喜ばしいことだと考える』という返答をイスカリア国王陛下より受け取ったとのことだ」

「それはよかったわ。ギリガン国でのことが中途半端に伝わって、家族に心配をかけてしまっているのではないかと思っていたの」

あの変態王太子がどんな嘘をつくかわからないし、襲われてのちに行方不明になったなどという真実が伝わっても、大騒ぎになってしまう。

「それにしても、こんなに早くイスカリアと連絡が取れたなんて、どんな方法を使ったの？　もちろん、機密事項なら話さなくてかまわないけれど」

「兄上の魔法だよ。ベルも知っている通り、兄上は植物に絡んだ魔法については驚くほどの才能があってね。手懐けた鷹に手紙を運ばせたのだが、アールガルド国の大広間からイスカリアの木のうろへと鷹を転移させて、大幅に時間を短縮した。あの大広間には仕掛けがあってね、壁の一部に世界樹の枝を使わせてもらっているんだ」

アルウィンは「兄上は、世界樹と妙に仲良しなんだよね」と、複雑な表情で言った。

「とんでもないことを引き起こすところが、世界樹にとっては刺激的に感じられるらしい」

「世界樹って、お暇なのね」

世界樹にとっては、ウォルティス国王は芸達者な道化師なのかもしれない。

「兄上は世界中のいろいろなところに通路を繋げている。その通路を使ってベルの姿絵を買ってきてくれたから、わたしにはありがたかったよ」

「イスカリア国では、わたしのお誕生日には絵姿が売られていたのよね」

売り上げは孤児院や学校などの費用に使われている。王家のボランティアなのだが、美姫と名高いわたしの絵が一番人気で、売り上げも桁違いだったらしい。

「わたしは全部集めたよ」

「そうなの」

「観賞用と、保存用と、保存用の予備とで全種類を3枚ずつ。もちろん、最高品質の絵姿をね」

「……それはそれは。お買い上げありがとうございます」

アルウィンが毎年けっこうお高いものを買ってくれていたから、わたしの絵姿はとりわけ売り上げが高かったのね。我が国のボランティア活動にご賛同いただけてよかったわ。

ディナールームには、ウォルティス国王陛下とアリス王妃陛下、そしてマリーお婆様が待っていた。

「やあ、アラベルちゃん。元気そうでなにより」

ヘラヘラっと笑う美貌の残念国王に、一瞬『お前が言うか⁉』と口に出しそうになったが、ぐっと堪えてカーテシーを行う。

「ウォルティス国王陛下、アリス王妃陛下、マリエラータ様。このたびはわたしのためにお力をお貸しいただきまして、ありがとうございました」

「あら、そういう堅苦しいのは無しでいいわよ、アラベルちゃん」

今夜も膝丈の動きやすそうなドレスを着て、脇に銀色に輝く大槌を備えたアリス王妃陛下は、可愛らしく笑って遮った。

「今夜は内輪の夕食会と、ちょっとした打ち合わせの場よ。アルウィンとは仲良くなったのでしょう？」

「姉上、アラベル王女殿下の記憶が戻り、わたしのことを思い出してもらえました。想いが通じまして、婚約の約束も無事に取り付けました」

「それはよかったわね」

「おめでとう、アルウィン！　初恋が実ってお兄ちゃんも嬉しいよ！」

「ほっほっほ、よかったのう、坊や」

「ありがとうございます」

アルウィンは騎士の礼をした。

「それじゃあ、この縁談は決まったということで、今夜は婚約祝いの夕食会だ。まずは食事を楽しもうよ。エルフも人間も同じような味覚をしているから、アールガルドの料理もアラベルちゃんの口に合うと思う」

「はい、楽しみですわ」

わたしとアルウィンも着席して、ディナーが始まった。

もちろん、料理はどれも美味しかった。

冷たい飲み物には世界樹の雫が入っていて、爽やかで美味しい。この世界樹の雫は夜明けと共に世界樹の若芽から溢れる透明な液体で、とても力に満ちたものだそうだ。雫と呼ばれてはいるが、かなりたっぷりの量が取れるため、アールガルド国内に広く出回っていて、国民たちが愛飲しているとのことだった。ジュースでもお酒でも、単なる水でも、一滴落とすだけで滋養強壮作用がある飲み物が作れるそうで、わたしのように波動のバランスを崩しやすい者にはとても効き目が高い。

マリーお婆様は、これをイスカリア国に持って行ってわたしのお母様に飲ませて、体調が落ち着いたところでこの国に連れてきて療養所に入れればよいと話してくれた。

「なに、心配はいらぬわ。この婆がアラベルっ子の母ごをしっかりと治してやるからのう。これから孫がたくさん生まれるのじゃから、抱っこするのに忙しくなるだろうし、体力をつけてもらわねばな」

「マリーお婆様、それは気が早いのでは……」

わたしは少しもじもじして、小さな声で言った。

「なあに、世界樹のところに通えばあっという間じゃ」

わたしはちらりとアルウィンを見たけれど、彼は平然としている。

「アラベルちゃん、アルウィンはそれはもうしつこくあなたに執着していたのよ。覚悟はしておいた方がいいわ」

アリス王妃陛下は、自分のおなかを撫でながら、わたしに「がんばってね。困ったことがあったらわたしに相談するのよ」と、哀れな子羊を見るような目をした。

食後の甘い飲み物を楽しみながら『アリス王妃はご懐妊しているのかしら？』などと考えていると、まん丸な瞳で問いかけられた。

「ところでアラベルちゃん、あなたはアルウィンとの婚約に本当に同意しているの？……いいから男どもは口を閉じていなさい」

アリス王妃は「婚約するに決まってるでしょー、そのためにわたしが遙々ギリガンまで殴り込みに行って連れてきたんだから」「ベルは誰にも渡さないし、他の男を近づけるつもりもない！」と口々に言う兄弟を黙らせた。

「きちんと意思確認をしてからじゃないと、この話は進めさせないわよ。アラベルちゃんは、アルウィンのことを思い出したのよね。その記憶があなたを辛くしていないかを心配しているの。アルウィンと一緒にいることが負担になってはいないわよね」

「ありがとうございます、アリス王妃陛下」

「『アリスちゃん』で。もしくは『アリスお姉ちゃん』。あと、敬語禁止」

「……アリスちゃん」

「よし！」

可愛いのに圧が強い。さすがは大槌を持ったら向かうところ敵なしの、ドワーフ族のファイターである。

ちなみに、こんなにも可愛らしいのに、アリスちゃんはわたしよりも、アルウィンよりも年上だった。種族の特性らしいけれど、びっくりである。

わたしはアリスちゃんに向かって笑顔で言った。

「心配してくれてありがとうございます。あれは確かに、子どもの頃のわたしにはとてもショッキングな事件だったけれど……正直言って、先日ギリガン国で目にした光景とシャーズ王太子の様子の方がさらに酷い思い出なので、昔の記憶で苦しむようなことはございませ……ないの」

慌てて敬語を取ると、アリスちゃんは小さく「よし」と呟いた。

「それに、アルウィンのことをとても好ましい殿方だと思っているし……頼りになるし、優しいところやわたしのことを大切にしてくれるところがとても素敵だし、実はぼんやりと少年だった頃のアルウィンを覚えているのよね。ふふっ、子どもの頃からアルウィンのことが好きだったみたいなの。わたしの王子様って感じ？　優しいお兄さんで、毎日たくさん遊んでもらったし、わたしの初恋のお兄さんだったみたい。忘れちゃってたけど。それが、こんなに大きくなってカッコよく育っているなんて。嬉しい驚き？　なあんてね、うふふ……アルお兄ちゃんのお嫁さんになりたいなあ……」

おかしい。

饒舌に、余計なことまでペラペラと喋り過ぎている。

「あ、アルお兄ちゃん、だと？　くっ、そう呼ばせればよかったのだな、子どもの頃のわたしに忠告したい！　なぜ思いつかなかったのだ！」

アルウィンは鼻を押さえて顔を赤くしている。

わたしは危機感を感じて口を引き結び、手に持つ小さなグラスをじっと見た。

これは美味しすぎる。

危険な毒なのだろうか。

そして、アリスちゃんを『この飲み物、大丈夫なやつですか？』と見る。

すると、顔を引き攣らせたアリスちゃんは給仕の者に「アラベルちゃんの飲み物はなに？」と尋ねた。

「あらやだ！」

「王妃陛下以外の飲み物は、いつもお出しする食後酒でございますが」

「……それはすごく強いお酒ですかー」

わたしの間の抜けた問いに、アリスちゃんは「その通りよ」と頷いた。

「すごく強くて甘くて美味しいお酒ですね！」

なーんだ、毒や自白剤じゃなければオッケー？

そう思ってまた飲もうとしたら、素早い動きのアリスちゃんにグラスを取り上げられてしまった。

アリスちゃんは「ごめんなさい、これはドワーフの火酒で作ったカクテルなのよ。美味しくて口当たりはいいけれど、飲み慣れていないとすぐに酔いが回るわ」と言って「アラベルちゃんに、お水をお待ちして。酔い覚ましに世界樹の雫を多めに落としてね」と命じた。

「男性陣、なぜ気づかない！　十七歳の女の子にこんなに強いお酒を飲ませるなんて、とんでもないわよ！　アラベルちゃん、気づかなくてごめんなさいね。ドワーフのわたしには軽いお酒だし、わたしは今は妊娠中だから、違うものを飲んでいたのよ」

「気にしないでー、アリスお姉ちゃん！　イスカリアでは十五歳からお酒を嗜むことが許されているから……これくらいなら大丈夫……じゃない、かな、えへへへ、美味しいですよー、ドワーフ最高！」

「え、あ、ありがとう！　ちょっと本当に大丈夫？」

「お姉ちゃんの赤ちゃん、おめでとう！」

「ありがとう！　じゃなくてね」

うん、全然大丈夫じゃなかった。

わたしがふたりいる。

ぺろんぺろんのでろんでろんで、淑女の仮面をかなぐり捨てているわたしを、冷静なわたしが『ありゃりゃー』って見ている。

そういえば、ドワーフってお酒が大好きで、様々な種類の強いお酒があって子どもの頃から浴びるように飲んでいるってお父様が言ってたっけ。

　わたしがふらふらしているのを見たアルウィンは、席から立つと「ベル、こっちに来なさい」とわたしを抱き上げて、膝に乗せてしまった。

「やだー、おろして」

「駄目だ。椅子から転がり落ちたらどうする？」

　めっ、と怖い顔をしたアルウィンは、わたしを叱りながらも右手でほっぺたをすりすりと撫でている。

「大丈夫だもん、ひとりで座れるもん」

「ベルの大丈夫だもんが当てにならないことは、わたしはよく知ってるんだよ」

「嘘だー、わたしは大丈夫だもん」

「ほら、お水を飲みなさい。美味しいよ」

「美味しいお水をください」

　わたしはグラスを受け取って、水を一気飲みした。

「…………あ」

　世界樹の雫、すごい。

　一気に酔いが覚めたわ！

「ご、ごめんなさい！」

　わたしはアルウィンの膝でじたばたと暴れた。

「いや、謝る必要はない。可愛いからしばらく酔ったままにしておきたかったのだが……」

「おろしてくださいませ」

「駄目だ、お仕置きがわりに座っていなさい」

うう……でも、わたし、悪くないと思うの。

アルウィンだって謝る必要はないって、今言ったじゃない。

その様子を見たウォルティス国王が、アリスちゃんに「ほら、アラベルちゃんが恥ずかしがっているじゃないか。アリスちゃんもわたしのお膝に来なさい」と言って、ちゃっかり膝に抱え込んでしまった。

この兄弟……。

「ほっほっほ、仲睦まじくてよきことじゃ」

マリーお婆様が、楽しそうにお酒をお代わりしていた。

酔いも覚めたところで、イスカリアのお母様の治療についての話し合いが行われた。

膝の上のアリスちゃんの頭を撫でながら、ウォルティス国王が言った。

「帰りにオードリー王妃を連れてくることを考えて、向こうに行くのはわたしと治療師のマリーお婆、アラベルちゃんに、護衛のアルウィンの四人だね」

アリスちゃんは身重なので、おとなしくお留守番なのだ。

「イスカリア国に行ってみたかったな」

「赤ちゃんが生まれてから行こうね」

アリスちゃんはぷっと膨れて小さい女の子みたいになった。膝に乗せて妻を愛でる国王陛下が怪しいロリコン男にしか見えない……。

「アルウィンとお婆はエルフだから簡単に転移させられるけれど、アラベルちゃんと王妃はそのままだと難しいから……」

ウォルティス国王は「また蔓を使うね」とにっこり笑った。

どうやらまた、ぐるぐる巻きにされるらしい。

「わかりました。よろしくお願いします」

お母様が助かるならば、ぐるぐる巻きの一度や二度どうってことないわ。

というわけで、明日の午前中にイスカリア国を訪問することになった。


翌朝、ありがたいことに、ウォルティス国王陛下と文官達がすでに結婚成約書を作っておいてくれていたので、わたし達は朝食をとったらすぐに出発することができた。

『今日向かう』というイスカリア国王への連絡も、ウォルティス国王陛下が昨夜のうちに例の伝書鷲を飛ばして済ませてくれた。彼は見た目は麗しいエルフの青年なのだが、残念なことに態度がヘラヘラであるため威厳がまるでない。しかし、一見ふざけた人物のようだが、実はかなり頭がよく仕事もできるやり手の国王らしい。人を見かけで判断してはならないのだ。

たとえ出会った時には変な毛糸の帽子と変な木彫りの仮面をつけた、どこから見ても立派な変質者であっても……うら若き女性を蔦でぐるぐる巻きにして、嬉しそうに笑い声をあげながら全力疾走する変態魔法使いであっても……下手をすると少女どころか幼女に見える妻を溺愛していて、彼女に叱られると妙に嬉しそうな顔をする危ない男であっても……ちゃんと国王、なのだ、たぶん。

「それじゃあ、アラベルちゃんを巻き巻きしまーす」

王宮の広間に立ち、ウォルティス国王陛下が片手を上げて嬉しそうに宣言すると（そういうところが駄目なのだ！）空中にしゅるしゅると黄緑の蔦が現れてわたしに巻きついた。

「ひっ」

いくら覚悟をしていても、うねうねと動く生きた蔦に全身を拘束されるのは恐ろしい。

「頭と足しか出ていなくてもベルは可愛いな」

アルウィンはぐるぐる巻きになったわたしを抱きあげて頬擦りした。やはりウォルティス国王の弟だけあって、ちょっと変だと思う。絶対に、全部出ていた方がいい。

「今回は転移酔いしないように、わたしがずっと癒しの波動を送っておくからね。来る時よりも楽に転移できる」

「……そういえば、転移ってすごく気持ち悪くなるんですよね。ありがとうございます」

抱っこしたのはそういうわけだったのね。

変態の弟だけあって……って勘違いしてすみません。

「ほっほっほ、しっかりと抱いていてやるがいい。仲睦まじくてよいよい」

マリーお婆様が満足そうに言った。

この方はどうも、わたしとアルウィンの間に早く既成事実を作ろうと画策しているように見える。

「気をつけて行ってらっしゃい。お土産はイスカリア国の美味しいお酒でいいわ」

小首を傾げてウォルティス国王陛下におねだりするのはアリスちゃんだ。ねだるのがお酒というところがミスマッチだけど、ドワーフのお姫様だから仕方がない。

ウォルティス国王陛下は、アリスちゃんを撫でながら困った顔をした。

「アリスちゃんは飲めないでしょ」

「産んでから飲むの。楽しみにとっておくのよ」

「それなら、まあ、いいか。イスカリアのお菓子も買ってきてあげるよ」

「おつまみになるものにしてね」

「こらこら」

アリスちゃんは今日も肩に大槌を担いでいる。妊娠中なのに大丈夫かと思ったけれど、アリスちゃんにとってはハンドバッグを持つのと同じ感覚だから大丈夫なのだそうだ。

「持ってみる?」と言われたけれど、両手を使ってもまったく持ち上がらなかった。戦争の時はこれを振り回して敵に突っ込み、血祭りにあげるそうだ。アリスちゃんと槍を持ったアルウィンがいれば、大抵の戦は勝てるらしい。見た目はこんなに可愛いのに殺戮(さつりく)天使だというのだから、ドワーフというのも奥が深い種族である。

「アラベル様、どうぞお気をつけて。ピンクの球がいつまで残っているか、観察しておきますね」

「ええ、お願いねメリッサ」

わたしは（手も足も出ないので）メリッサに頷いた。

魔法が成長したわたしは、両手を広げて抱えるくらいの大きなピンク色の球を出せるようになっていたのだ。中は空洞のようなこの球がどんな意味を持つのかはまだわからないけれど、とりあえず部屋の隅に転がしておいた。

「では、出発！」

ウォルティス国王陛下はピクニックにでも出かけるような感じで号令をかけた。天井から緑色に輝く光が降り注ぎ、わたしたちを包む。

というわけで、わたし達四人は広間の真ん中からイスカリア国へと転移した。


「こんなところに転移点を作ってあったのね。まったく気づかなかったわ」

着いたのは、イスカリア国王宮の裏手にある王家の森の中だった。出口である太い木のうろが光っているのが見える。

「街からは少し遠いんだけど、ここなら一般の民は入ってこれないから目立ちにくいんだよ」

ウォルティス国王陛下は「王宮へ行くのにも少し歩くんだけど……アラベルちゃんを巻いたままでいいかな。歩くの大変でしょ？　マリーお婆はアルウィンに背負ってもらいたいんだ」と言った。

マリーお婆様を巻くという選択肢は……年寄りには酷よね。

国王兄弟はかなりのスピードで森の中を進むことができるということで、わたしは巻かれたまま宙を飛び、マリーお婆様は「ほっほっほ」と笑いながら背負われて王宮に向かったのだが。

「アルウィン、なんかいる。排除しておいた方がいいね」

国王陛下がそう言って、わたしから蔓を取ってそっとおろした。

「アラベルちゃんとお婆はわたしの後ろに隠れて」

指示に従うと、ウォルティス国王陛下は両手を広げて蔓のカーテンのようなものを展開した。

「わたしは非力だからね。でも、防御力はあるから安心して」

アルウィンが腰の剣を抜いて構えると、木立の中から兵士たちの群れが現れた。

先頭に立つのは、ギリガン国のあの失礼な将軍、グロートだ。今日も粘土の塊を叩きつけて作ったような、無駄に鍛えた筋肉が重苦しい。アルウィンの筋肉の品の良さを見習った方がいいと思う。

「これはこれは、行方不明のアラベル王女殿下ではありませんか。蛮族に囚われているようなので、お助けいたしましょう」

兵士を十人以上も引き連れて、他国の王家の土地に侵入するとは……イスカリアを完全に舐めている。

わたしはかっとなって言い返した。

「よくもそんなことを言えたものね！　野蛮なのは、邪神への生け贄と称して人を殺しまくっているギリガン国の王族の方ではなくて？　重ね重ねの我が国に対する無礼、許しませんよ」

「……シャーズ王太子殿下には、大いなる目的があるからいいんだよ。無力な王女にも、腰抜けのイスカリア王家にも、なすすべはないのだ。そら、おとなしくその髪と魂を我が国のために捧げてもらおうか」

グロートが、また豚のように鼻を鳴らした。

多勢に無勢で、余裕がある態度だが……自分が誰を敵に回しているのか気づいていないのだろうか？

「アラベル王女殿下に手出しすることは許さん。捧げたかったらお前がその腐った魂を捧げればいいだろう」

「なんだと？　騎士風情が生意気な……ん？　貴様は、どこかで……まさか、その隻眼！　アルウィン将軍か？　なぜこんなところに、アールガルドの将軍が……って、後ろのそいつはウォルティス国王ではないか！」

「気づくのが遅いよ、筋肉だるまくん。わたしはおこおこでぷんぷんだよ。ところで、この前思いきりぶん殴ってきたシャーズの阿呆はどうしてる？」

すごいわ、ウォルティス国王の空気の読まなさ加減は！

「陛下を害したのは貴様かーっ！」

グロートがいきなり大沸騰した。

しかし、ウォルティス国王陛下はヘラヘラと笑いながら言った。

「だって、あいつ気持ち悪いんだもーん。プチッと息の根を止めてきた方がよかったかなあって、深く反省してるところだよ。あいつ、この世にいらないよね。今度あったらちゃんと葬らなくっちゃね」

国王が火に油を注ぎまくったから、グロートは頭から炎を噴き出しそうなくらいに腹を立てている。

「ぐぬぬぬぬ、許さんぞ！　ふっ、アルウィン将軍閣下は槍を持っていないようだな。ならば恐るるに足らず！　この場で皆殺しにしてやる！」

「きゃあっ！」

大剣を振りかぶって、グロートが襲いかかってきたので悲鳴をあげたが、次の瞬間、グロートの武器が地面に転がった。

「ぐあああああーッ！　腕が！　俺の腕があーッ！」

剣の柄を握ったままの腕が切り落とされていたのだ。目にも止留まらぬ速さで切り捨てたのは、もちろんアルウィンだ。

「愚かにも程がある」

アルウィンは血を噴き出す肩をつかんで絶叫するグロートに、冷たく言った。

「槍がなければなにもできないとでも思ったのか？　わたしは槍を一番得意としているが、剣も弓矢もそれなりに扱えるし……このように風の刃を飛ばすのも好む戦い方だ」

アルウィンが剣を一振りすると、その場で凍りついていた兵士たちが一斉に呻き声をあげて、その場にうずくまった。身体中を鋭い刃物で切り刻まれたように、皆血塗れだ。

「この場から去れ。そして、二度とイスカリア国に足を踏み入れるな。今は命を助けてやるが、次に会ったら切り刻んで発酵させて、森の肥料にしてやる」

エルフは森を大切にする種族です。

発酵したくないギリガン国の兵士たちは、言葉にならないなにかを叫んでいるグロートを抱えて森から立ち去った。最後に「忘れ物だ」とアルウィンが放り投げた太い腕も、ちゃんと持ち帰った。

エルフはお土産をくれる親切な種族です。

「う、腕が、肩から飛んだわ……スパッと一瞬で飛んで、血飛沫が……あ、ああ……」

びっくりした！

びっくりしたわ！

アルウィンは騎士であり将軍であるから、戦争の第一線で戦ってきた。軍を勝利に導くために味方を死線に送り込む苦渋の決断もしてきただろう。そう、戦争とは殺し合いなのだから。

ギリガン国の兵士たちは、イスカリア国に無断で入り込み、アールガルド国の王族に刃を向け、わたしを生け贄にするために攫おうとした。

互いに命懸けの戦いなのだから斬り捨てたことは正しい判断だし、兵士たちの負傷は当然の報いだ。むしろ命を助けられたことは大変な温情である。

けれど、そんな理性など間近で見た一度の死闘で吹っ飛んだ。現実の戦いは音や色や匂いなどの様々な刺激が伴うもので、とても恐ろしくて危険だ。

ことの最中には目の前で起きることを一見冷静に見ていたわたしだったが、今さらながらパニックになってしまった。

人が死ななかったからまだよかった。

アルウィンが強くてよかった。

しかし、一歩間違えれば、負傷したのはアルウィンやわたしたちだったかもしれないし、最悪の場合には目の前で彼が命を落とした可能性もある。彼はすでに、片目を失っているのだ。

血みどろな戦いに慣れていない箱入りの王女のわたしの頭の中には、いろいろな思いが駆け巡って、気が遠くなる。

「アラベルっ子、しっかりするのじゃ！　っとっとっとっと」

マリーお婆様が、ふらつくわたしを支えようとがんばってくれていたが、筋肉のない高齢者には困難な仕事なので共倒れしそうになる。すると、なぜかウォルティス国王陛下がふたりまとめて蔓で巻き巻きし始める。

一応、支えてくれているの？

「非力でごめんねー」

ありがとうございます、陛下。でも、男性ならばここは腕力で支えて欲しい！

「お婆様、巻き添えにしてしまって申し訳ございません」

巻き巻きだけにね！

「大丈夫じゃよ。それに、多分あの腕は元通りにくっつくゆえ心配は無用じゃ、気にするでない」

「くっつけばいいというものでは……」

アルウィンに投げられて、どこかへ飛んで行った腕を思い出したわたしは、蔓に巻かれてぐったりした。

「すまない、ベル。恐ろしいものを見せてしまった」

剣についた血の始末を終えて鞘に納めたアルウィンが、わたしたちを蔓ごと片手で支えて「兄上、解いてくれ」と言った。

「アルウィン坊や、わっしも一緒に抱っこしてよいのじゃぞ？」

お婆様を華麗にスルーして、アルウィンはわたしだけを抱き上げた。

「酷い顔色だ。ベルに荒事を見せたくなかったのだが、あのような輩は心をしっかりと折っておかないと、また湧き出てくるからな」

「とても恐ろしかったです」

わたしは彼の首に手を回してしがみついた。

「アルウィンが怪我をしたらと思うと、一番恐ろしくて震えがきました。ご無事でよかったわ。あと、腰が抜けたので癒してください」

彼の身体からは森の木々に似たいい匂いがする。そして、一仕事終えた後の筋肉の躍動感が伝わってきた。

素晴らしき筋肉。

……これさえ無事ならば、血飛沫のひとつやふたつ、スパイスでしかないかもしれない。

「お安い御用だ」

アルウィンにぎゅっとしてもらったら、彼の持つ癒しの力が働いたようで、めまいと動悸が途端に楽になった。

筋肉への萌えだけで癒されたのではないか、という意見は聞かない。

「すっかり癒されました、ありがとうございます」

「早いな」

しまった。

まだ離れがたいのに、治ったことを言っちゃった。

アルウィンがお婆様を背負っていくお仕事に戻っちゃうわ。

「……やっぱりもうちょっとだけ、こうしていてもいいですか?」

筋肉離すまじ、と、腕に力を入れながらわたしは言った。

「もちろんだ。兄上、ベルの精神安定を優先して、わたしはこのままイスカリア国王宮に進むことにする」

ウォルティス国王陛下が噴き出して「素直な子たちだねえ」と言った。

「ほっほっほ、嫁ごはアルウィン坊やにおぶわれたわっしにやきもちを焼いていたのかえ? それはすまんことをしたのう。さて、こうなったら仕方がない。ウォル坊や、わっしを背負っていけ」

ウォルティス国王は口を尖らせた。

「やだよう、わたしは非力だから潰れちゃうし。ゆっくり歩いていこうよ」

「わっしの方が非力な老婆じゃろうが。ここは男を見せんかい」

「わたしは非力な国王なんだから、男を見せるのはアリスちゃんにだけでいいの」

「スケベ国王じゃのう」

「そういう意味で言ったんじゃないでしょ!」

マリーお婆様とウォルティス国王陛下が漫才を繰り広げていると、新たなお客たちがやってきた。

「アラベル! 大丈夫か?」

「ヴェンダールお兄様……」

濃いブルーの髪をした我が国の王太子、ヴェンダールお兄様が騎士たちを引き連れて現れたのだ。

「ご心配をおかけして申し訳ございませんでした。ただいま戻りました」

婚約者に抱かれているので、少し照れながら帰還の挨拶をした。

ええ、下りる気はまったくございません。

「よかった、行方不明になったと聞いてわたしたちがどんなに心配したことか。怪我などはしていないと連絡があったが」

「はい、アールガルド国の皆様のおかげで元気に過ごしておりました」

「足を痛めたのではないのだな？」

隻眼の将軍に抱っこされているので誤解されたらしい。わたしは「はい」と頷いて頰を染めたが……抱きつく腕は緩めなかった。

「ところで周辺に血臭がするが、なにかあったのか？」

「そうだわ、ギリガン国の兵士たちに襲われたの！　まさかこんなところに潜んでいるなんて思いませんでしたわ。でも、アールガルド国のアルウィン将軍閣下が返り討ちにしてくれたから、わたしの腰が抜けた以外は無事よ。血痕はすべてギリガン兵士のもので、彼らはみんな逃げ去ったわ」

「まだアラベルを狙っていたのか！　他国の王都で好き勝手に振る舞い、王族を襲うとは

「……おのれ、ギリガン国め。だが、もうシャーズ王太子のいいようにはさせないからな。数々の非道な行い、もう許さんぞ」

お兄様の周りで精霊がざわめいた。感情に連動しているのだろう。

つまり、お兄様は激おこ状態なのだ。まわりの気温が急激に下がってくるのを感じる。

「お兄様、落ち着いてくださいませ。寒いです」

すると、ウォルティス国王が怒れる王太子の前に進み出た。

「こんにちはー、イスカリア国のヴェンダール王太子とお見受けするけど。わたしはアールガルド国王のウォルティスで、連絡した通り弟のアルウィン将軍と治療師マリエラータと、シャーズ王太子の元からお救いしたアラベル第二王女をお連れしたから……まずは、お姫様を休ませてあげて？」

ウォルティス国王陛下がにっこりと笑うと、お兄様は激おこモードから戻ってきてくれて、のほほんとしたエルフに頭を下げた。

「これは、わたしとしたことが大変失礼しました。ウォルティス国王陛下のこの度のご尽力、誠に感謝に耐えません」

「いいよ。君は可愛い妹が心配だったんだよね」

「その通りです。それに……」

お兄様は暗い顔をして言った。

「アラベル、母上の体調がよくないのだ。それもあって、エドワードが気に病んでしまっている」

「なんですって、エドワードが⁇　あの子は全然悪くないのに！」

まだ小さな弟は、聡い子で頭が回る反面、考え過ぎてしまう傾向があるのだ。自分がギリガンから戻されてわたしが向こうへ行き、そして行方不明になり……お母様が調子を崩した。

真面目なエドワードは責任をすべて、自分の帰国に結びつけてしまったのだろう。

「ギリガン国に行ったアラベルが危険な目にあったのも、母上の容態が悪化したのも、自分のせいだと思い込んでしまっている。酷く落ち込んで、とうとうなにを話しても聞き入れないようになるほど病んでしまったのだ」

「そんな……わたしが無事だと話しても駄目なの？」

お兄様が悲しげに首を振る。

「ああ……エドワード……」

大変だわ、わたしの可愛い弟に早く元気な顔を見せなければ。

「アルウィン、わたしのお願いを聞いてちょうだい」

「なんだ？」

「急いでエドワードのところに連れて行って！」

「心得た！」

こうして、皆を置き去りにして、全力ダッシュのアルウィンに抱かれたわたしはものすごい勢いで森を抜け、イスカリアの王宮へと飛び込んだのだった。

アルウィンに抱っこされたわたしが猛スピードで王宮に到着すると、わたしたちを出迎えるために待っていた人々が驚いていたが、わたしはかまわずに声を張った。

「アラベル第二王女、エルフの国アールガルドよりただいま戻りました！　国王陛下へのご挨拶は後ほどいたしますので、まずはエドワードのお部屋に向かわせていただきますわ」

「エドワード殿下の……」

皆、事情を知っているのだろう。その言葉を聞いて、誰もわたしたちを止める者はいなかった。

後から考えると、年頃の淑女が男性の腕に抱かれて人前に出るのは、はしたないことだったと反省したが、わたしの頭には弟のことしかなかった。

「身体の傷よりも、心の傷は恐ろしいものなのだ」

エドワードのことを知ったアルウィンが、そう呟いたのを聞いてしまったからだ。恐ろしい事故のショックで記憶をなくしてしまったわたしも、そう思う。

わたしはアルウィンを案内して、エドワードの私室に向かった。

「アラベル王女殿下！」

部屋の前に立つ護衛の近衛兵に「皆様、お仕事ご苦労様。この方はアールガルド国のアルウィン将軍閣下です。エドワードの部屋に入らせていただきますわ」と声をかける。

わたしの顔を見て明るい表情になった彼らは、また鎮痛な面持ちに戻ってしまった。

「どうぞ、お入りください」

「ありがとう」

わたしはアルウィンの腕からおりて、ふらつく身体を彼に支えてもらいながら入室した。

「エドワード、アラベルよ。新しいお兄様と一緒にお姉様が帰ってきたわよ」

寝室に声をかけたが、返事はない。扉が静かに開き、エドワードの側仕えの女性が「王女殿下……」と泣きそうな顔でわたしたちを中に入れてくれた。

「エドワード？」

小さな弟は布団をかぶり、ベッドの真ん中に小さく丸まっていた。

そっと布団をめくる。

「エドワード、聞いている？　お姉様よ」

固く目をつむった男の子は、震えながら「僕のせいなの」とかすれた声を出した。

「お姉様がいなくなってしまったのは僕のせいなのお母様のご病気が重くなってしまったのもみんな僕が悪いの僕がちゃんと人質をできなかったからいけないの僕が」

「違うわ！　エドワードのせいでは……」

わたしがエドワードの身体を揺さぶって言いかけると、アルウィンがその手を押さえた。

「あまり刺激を与えてはよくない。この子はかなり弱っているようだ」

彼はエドワードをそっと抱き上げて、ベッドに腰かけて小さな身体を抱きしめた。柔らかな波動がエドワードを包む。

「話しかけてあげてくれ」

「……でも、わたしのことがわかっていないみたい」

　エドワードの虚な目にはなにも映っていない。

　わたしは小さな手を握ると、軽く振りながら歌った。

「俺たち強いぞ　ギリシーヤ　神の戦士は　ギリシーヤ」

　秘密に持っていた『ギリシーヤ神話論』の本を、内緒でエドワードに見せながらふたりで作った歌だ。

「俺たち望むは　大冒険　海越え山越え　秘宝の元へ」

　勇ましい戦士の絵を見ながら作ったこの歌を歌いながら、剣の代わりに棒を持って、わたしたちは部屋の中をぐるぐると歩き回って、ソファの山を越えベッドの海を泳いだのだ。

　小さなエドワードは、この遊びが大好きだった。

「冒険のない　人生なんて　気の抜けたエールより　最悪だ！　ほー！」

　リズムに合わせてエドワードの手を振った。

「どこまで進むか　ギリシーヤ　その手につかむは　栄誉と秘宝……エドワード、お姉様はものすごい冒険をしてきたのよ。そして、ふたつの秘宝をこの手で持ち帰ってきたの。教えてあげましょうか？」

　エドワードの瞳が揺れた。

「ひとつはね、とても勇敢で強い、神の戦士よ。槍を持ったら一騎当千で、すごい風魔法で敵を蹴散らすの。そんな戦士とお姉様は結婚することになったのよ！　彼がどんなに強いか、エドワードが見たらびっくり仰天するに違いないわ」

「お姉様が……神の戦士と結婚するの？」

「そうよ。あなたを膝に乗せているのが、そのとても強い戦士であるアルウィン将軍閣下なの」

　エドワードは自分を抱いているアルウィンの顔を見た。

「……大きな傷がある。戦いでできたの？」

アルウィンは厳しい顔で頷き「巨大で獰猛な魔獣と戦った時の傷だ。片目も持っていかれたが、やつの息の根は止めてやった」と答えた。

エドワードは「すごい！」と感嘆の声をあげた。

　わたしは優しく続けた。

「そして、もうひとつの秘宝はお母様の病気の治療法よ。どうしてお身体の具合が悪くなったのか原因がわかって、エルフの国から治療師を連れてきたの。これから治療師のマリーお婆様がお母様を診てくださるわ」

「お母様が……よくなられるの？」

「ええ。実は、お姉様も少し身体の調子が悪くなりかけていたらしいのだけれど、マリーお婆様が治療してくださってね、魔法も少し上手に使えるようになりました。だからきっと、お母様も大丈夫よ」

「……本当なの？」

「本当よ」

わたしはベッドの上に、両腕で抱えるくらいのピンク色の球を出して見せた。

「うわあ、お姉様は小さな球しか出せなかったのに」

「ふふふ、驚いたでしょ」

わたしは弟の頬をそっと撫でながら言った。

「ねえエドワード、大切な宝は冒険をしないと手に入らないわ。あなたもいつか冒険に出ることがあるかもしれないから、こんなところで丸まっている時間はもったいないわ。たくさんごはんを食べて筋肉を鍛えるのですよ。きっと新しいお兄様が相談に乗ってくださるから、しっかりと励みなさい」

「はい」

「ほら、アルウィン将軍閣下のこの立派な腕をごらんなさい。この厚い胸板を！　この見事な肩を！　そしてこの腹筋……ええと、きりがないからこの辺で」

「はい。はい、お姉様。まるで本の中から出てきたような筋肉です」

エドワードは、ほっとした様子でぽろぽろと涙を零しながら「僕も冒険に出る日を目指してがんばって鍛えます」と約束してくれた。

「さて、それではお姉様はお母様のところに行ってきます。あなたも温かいミルクとおやつをいただいたらいらっしゃいな。そんなふらふらの身体をお見せして、お母様に心配をかけてはなりませんよ」
アルウィンの癒しの力でエドワードの体力が戻ってきたようだが、おなかが空いている
はずだ。
「しっかり食べて立派な戦士になれ」
アルウィンがエドワードをリビングに運び、ソファに座らせてそう言うと、弟は光を取
り戻した瞳で彼を見つめて「はい、お兄様！」と答えた。泣いて喜んでいる側仕えたちが
視界に入る。
「エドワードに、消化のよいものを食べさせてあげて頂戴」
「はい、ありがとうございます」
わたしたちはエドワードのことを託すと、今度は急いでお父様のところへと向かった。
「この方が早い」と、なぜかアルウィンに抱っこされながら。
わたしたちがエドワードの部屋を出ると、王宮の使用人がこちらに小走りでくるところ
だった。使用人といっても王宮に勤めるくらいなのでいい家の令嬢なのだ。そんな彼女が
廊下を走るとは、よほどのことである。
「失礼いたします、アラベル王女殿下。アールガルド国からのお客人の皆様が、オード
リー王妃陛下のお部屋の方に向かわれていらっしゃいます。国王陛下もご一緒ですので、
そちらに合流していただきたく存じます」
「直接、お母様の部屋へですか？」

「はい」

　彼女はアルウィンにお姫様抱っこされたわたしを少し怪訝そうに見たが、眼帯を見て彼がアールガルドの将軍であると察したようだ。

「お急ぎくださいませ……そのままで」

　その顔に『アラベル様なら……まあ、仕方がないですね』と書いてあるような気がしたのは、わたしの被害妄想なの？

　というわけで、長い脚をお持ちの将軍閣下に王妃の私室の場所を案内して、わたしたちは大急ぎで向かった。他国から王族がやってきたというのに、正式な顔合わせも挨拶も飛ばしているということは、かなりの緊急事態であるということだろう。

『お母様……お願い、間に合って！』

　わたしの心臓は、冷たい手でつかまれたように固く縮こまる。

　お母様の部屋の扉は開いていて、侍女が「王女殿下、こちらへ！」と、すぐに寝室へ案内してくれた。

　寝室の外にはアールガルド国王のウォルティス陛下が立っていて、わたしたちを見ると軽く頷き「マリーお婆に任せておけば大丈夫だからね」と微笑んだ。

「アラベルです……」

　中に入るのが怖くて、緊張してかすれた声で名乗りながら、アルウィンの腕からおりたわたしは寝室を覗き込む。

マリーお婆様がベッドの横でお母様を診察しているのが見えた。

ベッドサイドに立つ暗い表情のお父様が「オードリー、しっかりするのだ」と声をかけている。そして、わたしの顔をちらりと見ると少し微笑んだが、また瞳から光が消えてしまった。

「マリーお婆様、容体はどうですか？」

「アルウィン、アラベル……こちらへ来なされ。そして、ふたりの力を貸しておくれ」

「なんでもいたしますわ！　……ああ、お母様……こんな……」

奥に進んだわたしは、痩せ細り、ベッドの上で微動だにしないお母様の様子を見て絶句した。わたしが不在の間に急激に弱ってしまったようだ。こんなお母様の姿を見てしまったら、幼いエドワードの繊細な心が壊れそうになるのも無理はない。わたしの心も壊れそうだ。

「優しく、ゆっくりと、世界樹の波動を身体に取り込ませて慣らしていくゆえ……まずはアラベル王女、王妃陛下の右手を握るがよいぞ。昨日、世界樹の元で流れを整えた身体から、微弱な波動がまだ出ているはずじゃ。慣らすのにちょうどよい」

「はい」

わたしがお父様の隣に進んでお母様の右手を両手でそっと包み込むと、ひくり、と手が動くのを感じた。

「お母様、アラベルです。戻ってまいりました」

お婆様はお母様の頬に触れると「よし」と頷き、アルウィンにも指示を出す。

「アルウィンぼう……アルウィン将軍は、軽く左手に触れて癒しの波動を送るがよい」

「心得た」

アルウィンが、お婆様の指示でベッドの反対側に周り、お母様の細くなった左手にそっと触れた。彼の身体からは、瀕死の時に世界樹から授かった癒しの力が溢れているのだ。

お母様の左手も、ひくひくっと動いた。

「よいぞ。では、わっしがいいと言うまでそのままでいておくれ。少しずつ、世界樹の雫を使うでな」

お婆様が、世界樹の雫が入った小さなガラス瓶を傾けて、仰向けに横たわるお母様の唇に一滴垂らした。しばらく閉じた唇の上で揺れていた水滴は、じわじわと唇の間から染み込んでいった。

お母様の手から、わずかに力を感じる。世界樹の波動が身体をゆっくりと巡っているのだろうか。

「……あっ、顔色がよくなりました」

真っ白で人形のようだったお母様の顔に赤みが差している。

「よしよし」

満足そうなお婆様がさらに世界樹の雫を落とすと、今度は明らかに唇が開いて水滴を吸い込んだ。世界樹の力がお母様の身体の中を整えて、滞っていた流れをすっきりとさせているのだ。わたしも体験したからわかる。

「これでもう大丈夫じゃ、心配ないぞ。ふたりとも、手を離すがよい」

わたしは最後にお母様の手を優しく握り、ベッドから離れた。

アルウィンがわたしの肩を抱いて「エルフの血族には世界樹の力が必要なのだ。波動がしっかりと身体を巡っているから、御母堂はきっと健やかになる」と、目にハンカチを当ててくれた。

「アルウィン、ありがとう」

わたしはそっと涙を押さえた。さすがに人前では、彼のシャツに吸わせるわけにはいかないのだ。

人前でなかったら、たくましい胸のあたりで涙を拭いちゃっているわね。

そのまま数滴、世界樹の雫が唇に落とされるにつれて、お母様の頬に血色が戻り、やがて目を開いた。

「……まあ」

年齢よりも若く見えるお母様は、周りに並ぶ人々を見るとまるで少女のように微笑んでから、わたしを見て言った。

「アラベル、無事に帰って来たのね。よかったわ、心配したのよ」

「お母様……」

わたしの目からは涙が溢れて止まらない。

心配したのはこちらですわ、と言いそうになったけれど、ギリガン国にほとんどさらわれるように連れていかれた挙句に、行方不明になったわたしの方が心配をかけたと思うので、やっぱり黙っておいた。

「もう心配はなかろう。果実水を用意して、この世界樹の雫を入れて飲むのじゃ。ひと瓶飲み終わる頃にはお腹もすくじゃろうから、消化のよいものを食べて体力をつけるように。見たところ、体調が落ち着くまではあと数時間というところじゃな……そこまで波動が整ってしまえば、あとはアールガルド国に行って、世界樹の治療院で完全に身体を治せば良い。そうさのう、三日もあれば元気になって帰って来れるだろうさ」

「そんなに早く治るのですか！」

お父様が驚いたが、お婆様は「あらかじめ連絡しておったように、これは病気ではないからのう。あっという間に元気になるぞ、ほっほっほ」と笑った。

そうこうしている間に、ベッドの上に起き上がったお母様は果実水をごくごく飲み干して「あら、おなかが空きましたわ」などときょとんとした顔で呟いている。

「お母様！」

おやつを食べ終わってやってきたエドワードが、寝室に入ってきた。そして、とことことベッドに駆け寄って、元気そうな顔で座っているお母様を目を丸くして見た。

「お母様、お母様……お目が覚められたの？」

「はい、エドワード。心配をかけましたね。ごめんなさい」

「おかあ……おがあざまあああ……」

エドワードの瞳からぶわっと涙が溢れた。そのままお母様にしがみつくと、えぐえぐと泣きじゃくった。

「怖かったわよね、ごめんなさいね」

優しく頭を撫でられて、エドワードは「おがあざま、うわあああん」と号泣した。

「よかったわね、エドワード……」

わたしの目からも涙が溢れて止まらない。

ハンカチだけでは無理よ！

やっぱり、筋肉付きのシャツを貸してちょうだい！


こうしてお母様の体調はすっかり落ち着いた。食事をとれなかったから体力が落ちていたけれど、世界樹の雫の力に加えてお母様自身にも癒しの力があったらしくて、回復がとても早く、厨房から運ばれてきたスープとお粥(かゆ)を食べたらずっと起きていられるようになった。

「お母様、もうお加減はすっかりいいのですか？」

瞳を眩(まぶ)しいくらいにキラキラさせて、エドワードが尋ねた。

「ええ、驚くほど力が湧いてきているわ。お散歩に出かけても大丈夫なくらいよ」

マリーお婆様は「ほっほっほ、今日のところはおとなしくしていておくれ。明日から外へ出かけてもよさそうだのう」と笑った。

「皆様、このたびはわたしと娘のアラベルを助けてくださって本当にありがとうございます。アラベル、アールガルド国の皆様を連れてきてくれてありがとう。それに、あなたに素敵な婚約者様が見つかってわたしも嬉しいわ」

「ふふふ、ありがとう、お母様」

わたしは子どものようにお母様に抱きついて、頭を撫でてもらった。そして、ほっぺにちゅっとキスをしてもらってから、待ちきれない顔のエドワードに場所を譲った。

ヴェンダールお兄様はもう大人の男性だから、お母様に甘えるのは我慢しているようだ。

「オードリー、またのちほど」

「はい、あなた。ご心配をおかけいたしました」

「そなたの笑顔をまた見ることができて、これほど嬉しいことはないぞ」

そう言って、お母様の手の甲に口づけるお父様の目には光るものがあった。

にこにこしながらお母様のベッドに腰かけて、頭を撫でたり頬っぺたをつつかれたりキスされたりして可愛がられているエドワードを残し、わたしたちは寝室を辞した。

後ろを振り向くと、お兄様もお母様にこっそりとちゅっとしてもらっているのが目に入ったが、見なかったことにしておこう。

「みんな、お疲れさまー。王妃様は元気になったみたいだね」

「ああっ、ウォルティス国王陛下！　お待たせしてごめんなさい！」

忘れ去られていたウォルティス国王陛下が、なぜか我が国の筆頭補佐官、シュワルツ公爵と一緒に座ってお茶を飲みながら手を振ったのを見て、わたしは飛び上がり、お父様は真っ青になって彼に駆け寄った。

「こっ、これは、大変申し訳ないことを……」

王妃が危なかったとはいえ、他国の国王を放置してしまったのだ。しかも、貴賓室にではなく王妃の私室の居間に。

でも、ウォルティス国王陛下はご機嫌な様子で「いいのいいの、気にしないでよ」と笑った。

「今日来た目的は王妃様を元気にすることと、アラベルちゃんとうちの弟を正式に婚約させることだからね。オードリー王妃の体調が回復して安心したよ。あとは婚約についてだけど、シュワルツ公爵と話を進めておいたから、わたしは時間を無駄にしなかったしね。全然いい感じで進んでいるよ」

相変わらず軽ーい国王陛下だが、こういう時にはとても助かる。

肝が据わったシュワルツ公爵は、立ち上がって「王妃陛下のご回復、おめでとうございます」とお父様に礼をした。

「ウォルティス国王陛下には、なにからなにまで、すっかりとお世話になりましたね。素晴らしいお方です」

どうやら、仕事のできる筆頭補佐官は、見た目によらず仕事が早いウォルティス国王陛下のことを気に入ったようだ。

「婚約については、あとは書類に当事者ふたりとイスカリア国王陛下がサインをすれば整います。王妃陛下をアールガルド国へお連れする件についても準備は整っておりますし……ウォルティス国王陛下の手腕と、たぐいまれなる魔法の能力のおかげです」

シュワルツ公爵がそう言うと、ウォルティス国王陛下は嬉しそうな顔をして「ふふふ、みんなもたくさん褒めてくれていいんだよ」と満足そうな猫みたいになった。

「これからちゃちゃっと結婚誓約をしてしまおうよ。マリーお婆はどうする？　ここに残る？」

「もう心配はないから、わっしもウォル坊やと共にアールガルドに戻ろうかのう。アラベルっ子にもうひと瓶、世界樹の雫を預けておけば大丈夫じゃろう。味も美味しいから、あのちびっ子にも飲ませてやってもよいぞ……というか念のため、王太子にも飲んでもらおうかのう。アラベルっ子の兄弟はこれで全部なのかな？」

「いえ、姉が他国に嫁いでおります」

「それならば、その女性にも世界樹の雫を送っておけば安心じゃな。なにか不安な兆候があれば、世界樹の治療所を訪れてもらおうかのう」

お母様ほどではないけれど、わたしたち兄弟もエルフの血を引いているから、世界樹の波動を身体に入れておいた方がいいらしい。少し雫を飲むだけで、体調が崩れる恐れは少なくなるとのことだった。これからは有能な治療師のマリーお婆様がいるから安心だ。

ウォルティス国王陛下はお茶を飲み終わり、立ち上がった。

「ご馳走様ね、美味しいお茶をありがとう。それじゃあ、婚約の書類を作ったら、わたしとアルウィンはいったん国に戻るよ。ギリガンの出方も気になるし、あまり長く国を留守にしたくないからね。あとの手はずは、またわたしの鳥をこっちに飛ばすから、手紙でやりとりして決めようね」

帰国と聞いたアルウィンは渋い顔になった。

「兄上、わたしもアラベルと一緒にここに……」

「だーめ！」

ウォルティス陛下はアルウィンのおでこにデコピンをして言った。

「将軍も長く国を留守にしてはいけません。アリスちゃんが妊娠中だから、今はアルウィンが一番の戦力なんだしね」

「……そうだな」

え、今はアルウィンが一番って……アリスちゃん、どれだけ強いの？

第六章　結ばれるふたり

　結婚誓約書に両国の国王陛下とわたしたちカップルがサインをすると、これでもうアルウィンとわたしは公式に認められた婚約者同士となった。正当な理由がなくこの婚約を解消することはできないし、他の者（例えばシャーズ王太子）が権力などを笠に着て横槍を入れることもできない。というわけで、わたしはこれでギリガン国から解放されることになった。

「それではアラベルは輿入れのための荷物をまとめて、オードリーの体調が整ったら共にアールガルド国に向かうということで……」

　お父様はそう言うと、シュワルツ公爵の方をちらっちらっと見た。お母様のところに行きたくて仕方がないのだ。

　誓約書にサインするのは国王本人にしかできない仕事なので、威厳を漂わせて済ませた。だが、あとは筆頭補佐官に任せてしまいたい。そんな内心が漏れているお父様に、ウォルティス国王陛下は「打ち合わせはシュワルツ公爵としておくから、いったん解散にしましょう！」と言ってぽんと手を合わせた。

「うむ、ではこれで失礼する！」

お父様はそう言って、即、退室した。

反応がいいわね……。

わたしはウォルティス国王陛下に「陛下にはお世話になってばかりだというのに、父があんな感じで申し訳ございません」と謝罪したが、のほほんとしたエルフの国王陛下は「いいよいいよー、わたしだってアリスちゃんが病気になったら心配で仕方がないし、よくなったらよくなったで側から離れたくないもんね」と笑って済ませてくれた。

誠に大人物である。

変態って言ってごめんなさい。


「それでは、これで帰国しようかな」

今後のスケジュールについて、わたしも参加して話し合ってある程度決め終わると、ウォルティス国王陛下が言った。

ちなみに、マリーお婆様は庭園を散歩して、お茶を飲みながらのんびりしているはずだ。

「早くアリスちゃんのところに戻らないと。妊婦さんに心配かけたらいけないからね、絶対にわたしのことを心配しているもん」

陛下は身重の妻のことが気になっているらしく、さっきのお父様のようにそわそわしている。

「そうですわね。王妃陛下にどうぞよろしくお伝えくださいませ」

「うん、了解」

「我が国の騎士が転移の場所までお送りいたしましょうか？」

シュワルツ公爵が申し出たが、エルフの国王陛下は「大丈夫だよ。わたしたちふたりはとても早く森を進めるし、アルウィンの腕が立つから護衛は不要だからね」と笑顔で断った。

「アルウィン、気をつけてね。わたしを迎えに来てね」

「もちろんだ、ベル。あなたをようやく手に入れることができたのだから、飛ぶように迎えに来て、もう二度と離さない……」

ウォルティス国王陛下とシュワルツ公爵が、気を利かせて先に退室してくれたので、わたしたちは口づけを交わして別れを惜しむ。

「……離れがたいな」

「ええ」

あまり濃厚に唇を重ねると、身体に火がついて大変なことになりそうなのでお互いに自制する。

わたしは彼の腕を撫でて『筋肉よさようなら』と寂しい気持ちになりながら「結婚したら、ずっと一緒にいられるわ」と彼の瞳を見つめた。

「そうだな。……アールガルド国のしきたりでは、婚約すると王宮の部屋が隣同士になる。侍女たちに指示を出して、ベルの新しい部屋の準備をしておくから」

「お願いいたします」

「……ベッドもわたしと一緒になるぞ？」

「わ、わかってます！」

彼の言葉でお腹がきゅんとしてしまったわたしは、強い口調で言ってごまかした。

「お子を授かるのはまだ先だけど……イスカリア国でも、婚約者同士が睦みあうことは、勧められているから、その……」

避妊のための薬草は使うのだが、恋人同士のイチャイチャは健やかな結婚生活への第一歩として奨励されている。

「今度は最後までもらうからな。覚悟をしておいてくれ」

アルウィンの身体から、得も言われぬよい香りが立ちのぼって、わたしの身体を包んだ。途端に情欲が湧きあがり身体から力が抜けそうになる。

かくんと崩れ落ちそうになるわたしを抱きとめて、薄く笑ったアルウィンは瞳の中に獣のように獰猛な光を隠しながら言った。

「ベルのすべてを、わたしのものにする。身体中に口づけて……どこもかしこも愛撫してから、わたしを欲しがるあなたに愛を注ぎ込もう」

「待って、アルウィン、お待ちになって」

想像しただけで身体がおかしくなっちゃう！

「あん、アルウィン……」

首に顔を埋めてそっと耳を噛み始めたアルウィンを、わたしは必死に押しとどめた。

「今は駄目です、おやめください、堪忍して」

「甘くて美味しいな、ベル。もうわたしだけのものだ」

首筋に舌を這わせながら、彼は色っぽく囁いた。

「アールガルドに戻ったら、すべてを差し上げますから……ねえ、アリスちゃんを待たせてはいけないわ」

「……仕方がない」

アルウィンは最後に唇にちゅっと音を立ててキスをすると、腰砕け状態のわたしに「ベル、歩ける？」と尋ねてくすっと笑った。

「誰かさんのおかげで、歩けませんけど！」

「では、ここで見送ってくれ。すぐに迎えにくるから、準備を済ませるんだよ」

「はい」

「では」

わたしは部屋を出て行くアルウィンを見送り、どうしてこんなに胸が苦しくなるのだろうと顔を歪めた。

「……アールガルド国に行ってから、寝ている時以外はほとんどアルウィンと一緒にいたからかしら」

ほんの数日で、わたしは彼に熱烈な恋をしてしまったようだ。

それからの二日間は、ろくにアルウィンのことを考える時間などなかった。アールガルド国に持って行くものを侍女たちと荷造りし（メリッサがいないのが痛かったわ！）お母様の体調をチェックして、お兄様とエドワードにも世界樹の雫を飲ませて変化を観察して、ウォルティス国王陛下の伝書鷲が力強く運んできてくれた世界樹の雫の瓶を、他国にお嫁にいかれたマルティナお姉様のところに、手紙と共に送った。

お姉様に今までのことを説明したら、とても長い手紙になってしまった。数日後、アールガルド国の王宮に、お姉様からも長い長い手紙が返ってきた。お姉様が世界樹の雫を服用したら魔法がもっと上手く使えるようになったそうだから、マルティナお姉様にもエルフの血筋の影響が強く出ていたのだろう。

お母様の回復は早かったが、森の奥にある転移の木のところに歩いて行くのはさすがに難しかった。

どうしようと思っていたら、ウォルティス国王陛下から、世界樹の枝を編み込んだ籠を持ってきてくれると連絡があった。そこにお母様が座って、輿として転移の木のところに運び、陛下が籠に蔓を巻きつけてアールガルド国へ飛ぶとのことだ。

わたし？

またぐるぐる巻きになるんですって。

……ええ、もう慣れましたわ。思う存分巻いてくださいませ！

当のウォルティス国王陛下は飄々(ひょうひょう)としているけれど、転移の魔法というのはとても難しいし、術者もかなり力を消耗する。なので、わたしの荷物の大部分は馬車で後から送ってもらうことにして、とにかくわたしとお母様の身体を転移してもらうのだ。あちらで療養するお母様の当座の着替えや日用品などは、アールガルド国で用意してくれるから安心だ。

そう、転移の魔法をここまで使いこなすウォルティス国王陛下は、世界に数人いるかどうかのレベルの大魔法使いなのだ。

おまけに一国の王なのだし、へらへらと軽薄そうな振る舞いをせずにもう少し威厳を出した方がいいと思うのだけれど……やっぱり身体を鍛えて、筋肉をつけるといいんじゃないかしら……。

「やあ、お待たせ！」

片手を上げて、相変わらず軽ーく挨拶をしながら王宮にやって来たのは、ウォルティス国王陛下とアルウィンだ。公務で留守にしているお兄様以外の王族一同が並んで丁重に出迎える。このふたりは、シャーズの魔の手からわたしを助けてくれた上に、瀕死(ひんし)のお母様を元気にしてくれた大恩人なのだ。

「アラベル！」

「アルウィン！」

素早い身のこなしの将軍閣下は、わたしに駆け寄ると抱きしめて「会いたかった」とキスをした。

「さっき連絡をしたばかりだというのに……ずいぶん早いですな」

準備が完了し、お母様も体力がついたと連絡（例の伝書鷲が大活躍している）をしたら、あっという間にフットワークの軽い王族兄弟が飛んで来たので、お父様は驚いている。

「我々だけなら、アールガルドとイスカリアはとても近いのだ。エルフは森の中ではとても身軽に動けるからな……早くアラベルに会いたくて全力で来たのだ」

「アルウィンったら、もう……好き」

なるほど。

王宮の広間から森の中に飛んで、そこから猛ダッシュしてきたらしい。わたしはアルウィンにしがみついて筋肉の弾力を感じながら「わたしもすごく会いたかったのよ」と言った。

ウォルティス国王陛下は蔦で巻いた大きな籠をぶんぶん振り回しながら「見て見てー、素敵な籠を編んで持ってきたよ！　世界樹もオードリー王妃陛下をお待ちかねみたいで、籠につける花までくれたんだから」といい笑顔で言った。

出迎えたシュワルツ公爵が言った。

「なんと、これは素晴らしい籠ですね！　世界樹の枝が使われているのですか？　とても乗り心地がよさそうだし、可憐な花が美しいですね。王妃陛下にぴったりなデザインです」

お母様も「まあ、とても素敵！　手触りもいいし、お花が可愛らしいわ。こんなに素晴らしい籠を用意してくださってありがとうございます」と喜んでお礼を言う。

お父様は「これは素晴らしい工芸品だ！　編み方で模様まで出しているとは……アールガルド国は芸術品も素晴らしいのでしょうな。いやはや、センスのよい籠だ。滑らかな手触りで枝の美しさも生かされている」と褒めまくりながら、妻の使う籠を入念にチェックしている。

みんなに手放しで褒められて、ウォルティス国王陛下はものすごく嬉しそうな顔をした。ちょっと可愛い。

そして、みんなウォルティス国王陛下の扱い方を覚えるのが早い。

「エドワードくん、ちょっと乗ってみる？」

気をよくした陛下が、エドワードに声をかけた。

「いいのですか⁇」

「いいよいいよ」

いそいそとエドワードが籠に乗ると、ウォルティス国王陛下が蔓を操り大サービスで籠を振り回してくれた。いかにも男の子の好きそうな遊びだ。

「わあい、すごい！　空を飛んでいるよ！」

エドワードがきゃっきゃと喜んでいる。

「そら、こういうのはどうだ！　びゅーん！」

「あはははは、すごい楽しいーっ！」

「あははははは、エドワードくんはわたしの弟だからね！　お兄ちゃんの技を受けるがいい！　どうだーっ！」

「あはははははは、もっともっとーっ！」

……まさか、ふたりの精神年齢が一緒……な訳ではないわよね？

でも、エドワードがこんなにやんちゃだなんて。この子は物分かりが良過ぎるところがあって、少し心配していたけれど、こんな風に年齢相応の顔を見られると安心するわ。

一同が籠に注目している横で、わたしの婚約者はわたしを抱き上げてキスしまくり、今はくんくんと首の匂いを嗅いでいる……犬なの？　そういうわたしも彼の筋肉を撫で回しているのだから、人のことをどうこう言えないんだけど。

お父様が、エドワードにすっかり懐かれたウォルティス国王陛下に言った。

「実は以前から、ギリガン国の属国となっている各国と連絡を取り合っていたのだが、我らは彼の国の支配下より脱することにした。現国王が病で伏せてからギリガンの挙動がおかしくなり、このままではいられないと判断したのだ。以前からどの国も、ギリガンの差別的な考え方に従えないと言っていたが、今回のシャーズ王太子の暴挙を知ってギリガンから離れる決心がついたとのことだ」

「そうなんだね、よかった。あの国に関わると、ろくなことがないと思うしね」

ウォルティス国王陛下は言った。

「人間優位主義ではあったけど、現国王はあまり馬鹿なことはしなかったから放置していたんだけど……シャーズは駄目だね」

「そうだな」

アルウィンも頷いた。

「わたしが人質としてあの国にいた時には、特に酷い扱いは受けなかった。あの頃はほとんど自由に過ごしていたな」

「そうよね、制限もなかったから、人質暮らしとはいえ、アルウィンと遊んで楽しく過ごしていたわ」

唯一の汚点が、あの恐ろしい若い女性の事故だ。

その他にはギリガン国滞在に悪い思い出はない。

ギリガンの現国王は、とりあえず『ギリガン光帝国、偉い！』ってみんなの頂点に立ってさえいれば、無茶な要求をしたり他国の者を虐げたりしなかった。

人間はエルフやドワーフや獣人よりも上だ！　と言って、自国に人質を集めていたけれど、だからなに？　というくらいになにもしなかったから、みんな『はいはい、そうですか』でスルーしていたのだが。

「現国王が床に伏してシャーズ王太子が前面に出てきてからだよね、あの国がおかしくなったのは」

エルフの国王が、珍しく真面目な表情で「現国王は本当に病気なのかな」と言った。

そう、変態シャーズが『蛮族を奴隷にする！』なんて馬鹿なことを言い始めたから、エルフもドワーフも獣人も怒って力を合わせて、ギリガンに攻め込んだのだ。

「完全に代替わりしてシャーズが国王になっていたら、わたしはギリガン王家を完全に潰していたよ」

　このエルフ国王、さらっと怖いことを言ってくれる。

　だが、アルウィン将軍や大槌使いのアリスちゃんがいたら、それも可能なのだろう。連合国にはおそらく、強力な魔法を使う者もいるに違いない。

「ウォルティス国王、妻と娘をよろしくお願いする」

「うん、任せて！　結婚式についても、またうちの鳥を使って詰めていこうね。エドワードくん、お母さんはすぐに元気いっぱいになるから、そうしたらお兄ちゃんのところに遊びにおいでね。面白い遊びをたくさん教えてあげるよ」

「はい！」

　弟の目がキラキラしている。

「それでは……お父様、シュワルツ公爵、お世話になりました。エドワード、あとのことは頼みましたよ」

「お姉様……」

　エドワードの顔から輝きが消えて、目に涙が浮かんだ。

「そんな顔をしないの。新しい素敵なお兄様がおふたりもできたし、とても可愛くてお強いお姉様もいらっしゃるのよ。アールガルド国に来た時に紹介するわね」

「……はい」

「では、行ってきます。しっかりと身体を鍛えるのですよ。いつか宝を探しに行く日が来ますからね」

「はい、ギリシーヤの英雄を目指します！」

　最後に弟を抱きしめて、居心地よく籠に収まったお母様と、ウォルティス国王陛下、アルウィン、わたしの四人は転移の木に向かって出発した。


　こうして、お母様は居心地のよい籠に乗って快適に、わたしは蔦でぐるぐる巻きになりながらもアルウィンにお姫様抱っこしてもらってそれなりに快適に、アールガルド国の王宮に到着した。

「ほっほっほ、オードリー王妃陛下よ、お疲れではないかえ？」

　しばらくはお母様の専属治療師としてついてくださるマリーお婆様に、お母様は「いいえ、とても楽をさせていただきましたわ。ありがとうございます。しばらくお世話になりますわね」とにこやかに返事をしてから「わたしは世界樹様に会って、そのまま療養所に滞在させていただくわ。ではアラベル、また後ほど。あちらに遊びに来てちょうだいね」と言って、籠から降りてすたすた歩いて行ってしまった。

「数日前にはベッドから起きられず、ろくに食事も取れなかった人とは思えないような回復ぶりね……ところでウォルティス国王陛下、この蔓を外してくださいませんこと？」

「あっ、ごめんごめん」

んもう、愛妻に夢中で忘れていたわね！

アリス王妃陛下……おっといけない、アリスちゃんにただいまのキスを連続してちゅちゅちゅちゅし、最後に手のひらで顔面を押しやられていた国王陛下が、こちらも見ずに片手を振って蔓を解いてくれたので、アルウィンの腕から降りた。

「アルウィン、ありがとう。あなたは鍛えているから、これくらいどうってことないでしょうけれどね？」

「もちろんだ、アラベル」

わたしがアルウィンにふふん、という感じで冗談混じりに言ったら、たくましき武人である筋肉将軍は、わたしの大好きなちょいワルな表情でにやりと笑った。

アルウィンがカッコよすぎて非常に辛い。

身体もいいのに顔もいいとか、天はどれだけ彼を祝福しているのだろう……間違えたわ、顔もいいのに身体がいい、の順ね。淑女的には身体はあとね。

それにしても、やっぱりアルウィンは素敵過ぎて、近くにいるとわたしは（主に筋肉に）興奮して鼻息が荒くなってしまう。ここ数日、アルウィンに会えなかったから、筋肉成分が不足しているのだ。

では、早速……成分の吸収を……。

「アラベル様、おかえりなさいませ。新しいお部屋をご案内いたしますので、こちらにどうぞ」

「あんっ」

「アンではありません。メリッサでございます」

さりげなくアルウィンの胸筋を確かめようと伸ばした手は、できる侍女にがっしりとつかまれてしまった。そしてそのまま、アルウィンから少し離れたところまでつつつっと引っ張られてしまう。

「ただいま、メリッサ。あのね、わたしに今必要なのはね、きん……」

「アラベル様、はしたない振る舞いはおやめくださいませね。将軍閣下とイチャイチャしたい気持ちはわかりますが、イチャイチャは逃げませんわ。まずはゆっくり疲れを癒やしてからにしてくださいませ」

「そんな、イチャイチャだなんて、そこまではしたないことは……」

すごくしたいけど！

メリッサは『すべてお見通しです』という目でわたしを見た。

「今夜は王族の皆様との婚約祝いを兼ねたディナーもございますし、そのあとにはさらにお身体を磨き上げますわよ。やはり淑女として、最高の状態で初めての同衾（どうきん）をお迎えになったほうがよろしいでしょうから」

「……ど、どどどど」

同衾って言った！

今、メリッサが同衾って言ったわ！

わたしの動揺を感じ取ったメリッサは「婚約のご成立、おめでとうございます。正式な婚約者同士になったのですから、これからは同じベッドでお休みになるのですよ。お、な、じ、べ、ッ、ド、でございます。……ふふっ、アラベル様はいろいろと理解していないことがありそうですので、夜に備えてちょっとだけお勉強もいたしましょうね」と、なぜか底冷えするような瞳で言った。

あ。

そういえばメリッサにはまだ、恋人が……。

「イスカリア国の第二王女殿下にふさわしい準備をいたします。この政略結婚はとても大切なものですから、心してくださいませね？」

メリッサが怖いです。

誰か、この侍女にエルフのイケメン男性を紹介してくださいませ！　美人で気立てもよく、働き者の侍女なんです！　少々腕っぷしが強くて気も強いけど！　結婚したらかかあ天下になりますけど！

わたしは震えながら言った。

「そ、そうね。わたしはイスカリア国の王族として、こちらに嫁いでくるわけですものね。きちんとした準備をしなくては、イスカリア国の名折れだわ」

そう、政略結婚とは個人の恋愛感情に引きずられてするものではないのだ。わたしは王女としての責任をしっかりと果たさなくてはならない。

　メリッサの釘刺し（くぎ）が終わり、わたしはアルウィンの元に戻って言った。

「それでは、アルウィン……わたし、綺麗にしてくるわね」

「あなたはいつでも、誰よりも美しいよ」

アルウィンはわたしの目を見つめながら右手を持ち上げて、そっと手の甲に口づけた。

そして、そっと人差し指を噛んでから「アラベルがそれ以上綺麗になると、わたしがなにをするかわからないから……覚悟をしてくれ」と目を細めて、指先をちろっと舐めた。

　身体にぞくぞくっとなにかが走り、お腹の奥に熱が灯った。

「アルウィン……」

「もちろん、あなたがわたしになにをしても……かまわないけれど」

うわあああああん、セクシー大魔王！

急に周りの空間が濃密になったわ、腰が抜けそうよ。

あっ、駄目よ。腰砕けになって、彼に抱き上げられては駄目。

アラベル第二王女よ、メリッサに叱られたくなければしっかりなさい。

「そっ、それでは、いったんお部屋に下がらせていただくわね。晩餐でお会いしましょう」

「迎えに行くよ」

「きゃっ」

素早くわたしを抱き寄せて耳たぶを噛むと、すっかり悪い大人に育ってしまったかつての美少年は「今夜が楽しみだ」と不埒なことを囁き、何事もなかったように去って行った。

「どうしよう、メリッサ……殿方って、あんなにぐいぐい来るものだったの？」

「あの方は一国の将軍閣下でいらっしゃいますからね、攻め込むのはお手のものなのでしょう」

「なんだか負けたようで悔しいわ。あと、身体が自分のものではないみたいにいうことを聞かないのよ」

よろよろと歩くわたしを支えながら、メリッサは「まあ、仕方がありませんわね。アルウィン将軍閣下はアラベル様の理想の筋肉をお持ちの男性ですもの、積極的に迫られたらこうなりますわよ。でもなんとかお部屋までがんばってくださいませ」と励ましてくれた。

そのあとに「……明日は一歩も歩けなくなりそうですけど。ギリシーヤ、ファイト！ですわ」と、意味ありげにため息をつかれたのが、なんだか怖い。

アラベル、ファイト！


「アラベル……とても綺麗だ」

そう言って、アルウィンは人前だというのにわたしの唇に口づけた。

メリッサと愉快な仲間たち……ではなく侍女たちが、声なき悲鳴のようなものをあげて、わくわくを隠せない表情でわたしたちを見守っている。

今着ているこのドレスは、ごく淡い薄紅色の生地にサファイアのビーズが散りばめられていて、晩餐会ということなのですっきりとしたAラインのデザインにしてある。裾には濃いめの青で、上にいくにつれて淡い色合いになるグラデーションのビーズは、動きに合わせて品よく輝いている。

婚約のお祝いということで、わたしの髪の色とアルウィンの瞳の色を使った配色だ。

アクセサリーはプラチナベースに紫がかったダイヤモンドとサファイアを合わせたもので、この佳き日にふたりの色をすべて使おうというデザイナーの意志が強く伝わってくる。

髪を結い上げて白い薔薇の蕾を飾り、「アルウィンは褒めてくれるかしら？」などと少女のように浮かれていたわたしは、少女のままではいられないということに気づく。

彼の視線がとても熱くて、わたしの身体の奥にも灯ってしまうのだ。

物語の王子様とは違って、綺麗なだけではない生身の男性から浴びせられる抗い難い魅力で、膝から崩れ落ちそうになるのを、王女としての矜持で必死にこらえながら、わたしは「ありがとう」と微笑んだ。

「このままあなたを攫って、部屋に閉じ込めてしまいたいほどだ……そして、わたしの腕から出したくない」

え、待って、アルウィンってそういう属性だったっけ？

少年の頃は爽やかな王子様だったし、今はおおらかで、大地のように広い心を持つ将軍閣下だと思っていたら、深すぎて日の光が届かない底無しの落とし穴を隠し持っていたの？

危険なものを感じたわたしは、両腕を広げて抱き締めようとするアルウィンと距離を置こうとする。

「駄目よ、アルウィン、そんなに近寄ってはエスコートできなくなるでしょ？　あっ」

戦闘力が抜群な将軍から逃げられるはずがなかった。

「逃がさないよ、わたしの薔薇の花」

身体をよじって離れようとするわたしの腰を抱き寄せたアルウィンが、覆いかぶさるように迫ってくる。わたしは理性を忘れて彼に吸いつきそうになる、自分の身体を持て余しながらも、なんとか言った。

「……おなかが空いているので、部屋に閉じ込めるのはやめてね。それより夕食をいただきたいわ」

ああもう、わたしったら。なんて馬鹿な返事なのかしら。全然ロマンチックではないわ。

自分でも呆れながら、わたしは熱く火照る顔で俯いた。

「アルウィン、早く、ダイニングルームにエスコートを……」

「大丈夫だよ、おなかを空かせたなら、わたしがあなたの口元に食べ物を運ぶから……このままふたりのベッドに……」

ぞくりとするような笑みを浮かべて、男の色気を噴き出すアルウィンが親指でわたしの唇をなぞり、その中にある舌に触れた。

いやいやいやいやいや、ベッドは駄目だから！

「アルウィン将軍閣下、これ以上、国王陛下と王妃陛下をお待たせするわけにはまいりません。さあ、晩餐の席に行きましょう」

わたしがそう言うと、隻眼の将軍はため息をついて「わたしの心はもう、あなたに囚われてしまっているというのに……味見も許してもらえないなんて、つれない人だな」とのけぞる喉に唇を当てて吸いついた。

「あんっ、やめて、アルウィン、そんなところを吸わない、舐めない！　人前で舐めるの禁止！　味を見るのは夕食だけ！」

絶対に味見では終わらないことはわかってますからね。

「いたっ！　やだ、跡をつけたら許さないわよ」

わたしは首を押さえて、なるべく怖い顔でアルウィンをにらんだ。けれど、彼は子うさぎを愛でるような視線をわたしに向けるだけだった。

「こんなに美しいアラベルに所有印をつけずにいて、悪い男に攫われたらどうする？」

「あなた以上に悪い男はこの王宮にはいないでしょうが！」

涙目でにらむわたしに、セクシー過ぎる将軍閣下は「心外だな。こんなに一途な男をつかまえて」と薄く笑い「悪い男とはどういうものなのかを、今すぐ身体に教えてあげようか？」と囁いた。

侍女たちは両手で顔を覆い、もう遠慮なく「きゃーっ！」と悲鳴をあげている。

約一名、鼻を押さえて「血、鼻血が」とハンカチを赤く染めている侍女もいる。

「刺激が強すぎますわ……」とふかふかの絨毯(じゅうたん)に座り込んでいる子もいる。

その中でメリッサだけが半眼になって「けっ。口から砂糖吐くわ」と遠くを見つめていた。

ごめんなさいメリッサ。

早急に良さげな男性を紹介するからわたしを見捨てないで！

すがるようなわたしの瞳に、気の強い侍女はしっかりと応えてくれた。

「畏れながら将軍閣下、アラベル王女殿下の品位を下げるような真似はおやめくださいませ」

彼はメリッサにちらりと流し目をくれて「わたしたちは正式に婚約したのに？」と不服を申し立てたが、鋼鉄の侍女メリッサは「時間と場所をわきまえてくださいませ」と冷たく告げた。

「アラベル様のことが大好き過ぎて仕方がないのは存じておりますが、このお方はイスカリア国の第二王女であらせられるお方。情熱に流されて思いのままに扱うことは、イスカリア国を蔑ろにしているのと同じでございます。そのことをきちんとわきまえてお振る舞いくださるよう」

「……心得た」

アルウィンはわたしを抱きしめる手を緩めて、まともなエスコートをしてくれた。

さすがはメリッサである。

「晩餐をお楽しみくださいませ」

侍女たちに見送られて、わたしたちはダイニングルームへと向かったが、その途中で彼は「あなたの侍女殿はたいそう迫力があるけれど……女性騎士かなにかなのかな？」とわたしに尋ねたのだった。


「アラベルちゃん、お疲れさまでした。お母様もお元気でお過ごしだと、治療院からの報告があったわ。しっかりとした足取りで外をお散歩されているそうよ。一応、マリーお婆様が付き添っているけれど、もう心配いらないって言ってるわ」

席に着くと、アリスちゃんが嬉しいことを教えてくれた。

「ありがとうございます、本当によかったですわ」

世界樹の雫をお母様に飲ませるのがこれ以上遅かったら、体調を整えるのに数年は昏睡状態になるところだったとお婆様から聞いたのだ。

考えてみると、わたしがギリガン国に拉致同然に連れて行かれて変態王子に襲われなかったら、お母様の命はなかったのかも知れないのだから、人生はなにが幸いするかわからない。

「世界樹の加護が巡り巡ってこの結果になったのかもしれないね。我々エルフも、アラベルちゃんたちも、世界樹に愛されているんだよ。正しい心を持ち、真摯に生きていれば、これからもきっと世界樹が守ってくれるはずだよ」

ウォルティス国王陛下がとてもまともなことを言ったので、内心驚いてしまったが、わたしは静かに頷き微笑みながら「はい、心に留めておきますわ」と返事をした。

「ってことで、もう心配事はなくなったし正式に婚約もしたから、心置きなくイチャイチャしていいよ」

よ、余計なことを！

アルウィンを煽（あお）るのはやめて欲しいんだけど！

「はい、兄上」

アルウィンは、いい笑顔でお返事しない！

こうして、婚約のお祝いの乾杯をして、美味しい夕食を味わいながらも、わたしはアルウィンから向けられる視線の熱さで焦げてしまいそうだった。

「あー、アラベルちゃん」

「はい、アリスお姉様」

「あまりにも困るようだったら、このお姉ちゃんに相談なさいね。エルフの男は愛情深くて誠実だから、恋人にするにも夫にするにもとてもいいと思うわ。でもね、この兄弟は少し度が過ぎるのよ……愛が重いの」

ウォルティス国王陛下がのけぞって叫んだ。

「ええっ、なんてこと言うのアリスちゃん！」

「あなたは黙ってて！」

「黙ってられな……へうっ！」

椅子を倒して立ち上がり、アリスちゃんを抱き上げようとしたウォルティス国王陛下は、可愛らしい拳の一撃をくらって壁まで飛んだ。

「へ、陛下⁇　大丈夫ですか？」

「大丈夫よぅ、うちの人は戦闘力はないけれど防御力はピカイチなの」

「ふふふ、今夜もいい拳だったよアリスちゃん？」

ウォルティス国王陛下は嬉しそうな笑顔で立ち上がりながら、ぐいっと鼻の下を拭う
……って、鼻血が出てますけど！

側に控えていた人が素早く布で血を拭っているところを見ると、これはまさかの日常茶飯事？

というか、これがふたりの愛の証？

「ちなみにわたしは戦闘力特化で防御力もある、最強のドワーフ戦士よ」

「頼もしいですわ、アリスお姉様！」

「うふふ、アラベルちゃんのためならがんばっちゃうから、お姉ちゃんにお任せね」

見た目は美少女のお姉様は、頬を染めて可愛らしく言った。今夜もフリフリミニドレスがお似合いで、お人形さんのように愛らしいアリスちゃんだが、テーブルの脇にはやっぱり巨大な槌が置いてある。

「民族によっては、殿方の思うように振る舞うのが淑女の嗜み、なんて馬鹿なことを言う

ところもあるらしいけれど、ドワーフの常識にはないわ。アラベルちゃんはきちんと愛されて当然の女性だし、アルウィンのために犠牲になることは一切ありません。そして、アルウィン」

「……はい、姉上」

おや、この常勝将軍の腰が引けているみたいだわ。

「あなたが初恋を拗らせていたことも、アラベルちゃんと婚約できて有頂天になっていることもわかっています。けれど、あまり調子に乗っていると……」

アリスちゃんが、それはそれは恐ろしい笑顔で言った。

「アラベルちゃんの愛を失うわよ？」

「……深く、肝に、銘じて、おきます」

調子に乗ってさっきメリッサに怒られたばかりのアルウィンは、少し震える声で答えた。

毅然とした女性ふたりに釘を刺されたせいか、アルウィンは少し自分を取り戻したようだった。そしてわたしも安易に情熱に流されてはいけないと、気持ちを戒める。食事を終えると、彼は落ち着いた態度でわたしを部屋に送ってくれた。

「ありがとう、アルウィン」

「一段と美しい今夜のアラベルをエスコートできるのは男の誉れだよ」

「あら、アルウィンこそ、いつもカッコいいけど今夜も凛々しくてとても素敵だわ」

特に筋肉がね！

こんなに素敵な腕でエスコートしていただけるのが、今夜の一番のご馳走だったわ。

わたしはさりげなく彼の腕を撫でると、アルウィンを見上げて笑った。

すると、少し顔を赤くした彼は「あなたという人は……では、待っている」と言った。

アルウィンは軽くわたしの額に口づけ、ドアを開けると、そこに待機していたすまし顔のメリッサにわたしを引き渡した。

彼はそのままおとなしく去り……すぐ隣のドアから自分の部屋に入った。入り際に、意味ありげな流し目をくれながら……って、そうだったわね！

婚約したわたしたちは部屋が隣同士で、ベッドルームが一緒で、つまり、今夜からは……。


「アラベル様、こちらへどうぞ」

「どうしよう、メリッサ！」

わたしは両手で顔を覆って「なんだか恥ずかしくて、震えてきちゃったわ」と忠実な侍女に訴える。

メリッサはため息をついた。

「今さら恥ずかしいもなにもないですわよ。さあ、準備を致しますのでご覚悟ください」

「えええええ、なにを覚悟するの？」

「それをわたしに言わせたいのですか？」

「あ……すみません」

わたしはおとなしく口をつぐんだ。

侍女たちにされるがまま服を脱ぎ再び入浴して身体を温める。身体中をよい香りのする香油でマッサージされて、手触りのよい薄い布地のネグリジェを着せられてから、甘いシロップを飲まされた。

「……いい味だけど、世界樹の雫を入れてしゅわっとさせた方が美味しいんじゃない？」

わたしがそう言うと、リリアンが大きめのグラスを持ってきて、シロップに水と氷と世界樹の雫を合わせてくれた。

「ありがとう、リリアン。とても美味しいわ」

お風呂あがりのドリンクにぴったりになったので、にこにこしながら美味しくいただいていると、リリアンが「アラベル様ったら、可愛すぎますわ」と呟いた。

「ご説明申し上げますと……これは、まだお子がなされないようにするお薬ですの。アールガルドでは普通に使われております」

「お薬だったの？」

わたしは驚いてグラスを見た。

「はい。昔から使われるとても一般的なものですし、妊娠しなくなる以外は身体に無害です」

リリアンが安心させるような笑顔で言った。

単なるドリンクじゃなかった……避妊薬だった……美味しいけど。

「今夜は女性の身体をリラックスさせるため、世界樹の葉を煎じて煮詰めたものも配合しておりますわ。世界樹の雫を加えるのはよいお考えですわね。世界樹の恵みには治癒効果もございますので、初めての時にはほとんどの女性がこれを使います。痛みを軽減する作用もございますから、初めての受け入れがとても楽になりますわ」

「詳しいのね。もしかして、リリアンも使ったことがあるの？」

「はい、わたしも婚約をした時に……」

リリアンは頬を染めて言った。彼女はまさかの人妻だった！

「よいお薬ですわ」

少し照れながら、リリアン・エーデルス嬢……いや、エーデルス夫人が答えてくれた。

なるほど、新妻となるわたしのために、経験のある女性も侍女に選んでくれたようだ。

「ねえ、それで、リリアン……痛かった？」

「夫はとても優しい男性で、わたしを大切に扱ってくださいましたので大丈夫でしたわ。

将軍閣下はアラベル様のことを深く思いやってくださる方とお見受けしますので、すべてお任せして大丈夫だと存じますわ」

「そう、ね……」

「先ほどの閣下は少々暴走しておいででしたけれど、アラベル様のドレス姿が美し過ぎてあてられただけでございましょう。エルフの男性はひとりの女性を妻と定めると、生涯愛し抜きますし……将軍閣下はアラベル様に『絶対服従』の誓いも立てていらっしゃいますからね」

なるほど、手のひらに口づけたあれね。

リリアンは声をひそめて「あまりにも目に余るような振る舞いをなさるようでしたら、、毅然とした態度で子犬の躾をする様に命じれば、ぺしゃんこになりますわよ」と教えてくれた。

子犬のアルウィン……うん、ちょっと可愛いかもしれない。

さて、準備は整った。淑女の初陣である。

世界樹の治療院で、最後の一歩手前までは行っていたけれど、今夜はアルウィンのすべてをいただくのだ……あの素晴らしい身体をすべてわたしのものにするの！

余すことなくあの鍛え上げられた身体と筋肉を堪能して、さわり放題パラダイスな夜を迎えるのである。わくわくが止まらない。

あ、間違えたわ。

アルウィンにわたしのすべてを捧げるんだったっけ。

でも思ったのよね。閨のたしなみの教科書を読んだのだけれど、最終的な結合体勢はお相手の大事なものを飲み込んでいるし、どう見ても女性が『いただいている』図だったの。

それに、教科書の応用編も読んだのだけれど、それには『殿方の限界まで搾り取る方法』なんていうテクニックも載っていたのよね。

初心者のわたしにはまだ無理だとは思うけれど、やっぱり好いた殿方のお子をなすためにはしっかりと『搾り取る』必要があるとのことだから、これからはそのあたりも学んでいこうと思う。

アルウィンは優しいいし、わたしに惚れ抜いているみたい（きゃっ！）だから、きっと快くわたしの探究心につきあってくれるはずよ。

「アラベル様、なにをにやにやなさっているのですか？ ……お気持ちはわかりますけれどね、やはり淑女としてそのだらしない顔はまずいと思われます」

メリッサに叱られた。

「はーい」

「返事は伸ばさない」

「はい」

というわけで、気持ちを引き締めて、わたしは寝室へのドアを開けた。

小さな部屋を通り抜けて（ここは昔、王族が無事に結ばれるための相談係が待機するために使っていたと聞く。隣の部屋で睦言を聞かれるなんて嫌だわ）大きな天蓋付きのベッドが置かれた主寝室に入る。

「失礼します」

「ようこそ」

一杯飲んでいたらしいガウン姿のアルウィンが、グラスを掲げて見せた。

「アラベルも飲……まない方がいいかな、うん」

「弱いお酒ならいただいても平気よ。強いと寝ちゃうけど」

「やめておこうね」

　グラスを置いたアルウィンに頭を撫でられてしまったので、わたしは唇を尖らせた。

「姉上の郷里から、美味いドワーフの酒が送られてくるのだが、どれも酒精が強いのだ」

「確かに、先日いただいたお酒はとても美味しかったわ。わたしもアリスお姉様みたいにお酒に強ければ、もっと楽しめたのに」

「酒飲みのドワーフ並みに飲まなくていい。弱くて酔っぱらうアラベルは可愛いから、あとでわたしがカクテルを作ってあげよう」

「楽しみにしているわ」

　アルウィンはおどけた表情をしてから、わたしを抱き上げた。

「では王女様」

「はい」

　わたしはアルウィンの首をさわさわし、腕をさわさわし、胸をさわさわしていい感じの固さと弾力を楽しんだ。そして、喜んでさわさわしているわたしを彼はベッドに運び、腰をおろして言った。

「気に入った？」

「すごくいいわ！　よく鍛えたわねえ。わたしを背中に乗せて、腕立て伏せができる？」

わたしは彼の背中にも手を伸ばしてさわさわした。

「あの頃と違って、何百回もできるぞ。だが、今夜は背中には乗せないで腕立て伏せをする」

そう言いながら灯りを暗くして、わたしのネグリジェを脱がそうとしたので、わたしは
「アルウィンが先に脱いでよ」とねだった。

「お願い、明るいところでよく見せて、アルウィンが育てた筋肉を！」

「……仰せのままに」

灯りを再び強くすると、彼はガウンを脱ぎ捨てた。

「わあ！」

そこには、全裸の美が存在した！

素晴らしきギリシーヤの挿し絵に劣らない、鍛え抜かれて引き締まった美丈夫の身体が、わたしを圧倒するように光り輝いている。

「さ、触っても、いいの？」

「ああ、構わないけれど……照れるな」

照れる筋肉将軍が尊すぎる！

わたしは鼻息を荒くしながら、彼の全身を触りまくった。

「アラベル、もう」

「動かないで！」

すごいわ、こんなにも素晴らしい身体に直接触れるなんて、なんという至福でしょう！

「ああ、仕上がっている、仕上がっているわ……アルウィンの一番美しい時期に出会えて感激よ……ううん、この筋肉はきっと永遠。むしろこれから円熟味を帯びて、さらなる高みにのぼるに違いないわ……ふふ……うふふ……ふ？」

彼の周りを周りながら身体に手を走らせていたわたしは、なにか固いものがお腹にぶつかって視線を向けた。

「……もう、我慢の限界だと……言ってるのに……」

アルウィンの暴れん坊さんが、雄々しく頭をもたげていた。

これも筋肉の働き……なのかしら？

「固いのね。かっちかちだわ」

「あっ」

手で触って形を確かめたら、アルウィンがなんとも色っぽい声で鳴いた。

「ここも鍛えているの？」

「いや、そこは違うが……そんなにされると……もう動いてもいいか？」

「うーん、まだ触り足りないのに……」

「これから毎日触れるから、もういいだろう？」

彼が、悲しい子犬のような濡れた瞳でわたしを見た。

「仕方がないわね。じゃあいいわ」

アルウィンはびっくりするくらいに素早くわたしのネグリジェを脱がすと、ベッドに運んで寝かせた。さすがは歴戦の将軍だ、身のこなしが人並み外れている。目をつぶって、なにかに耐えるような表情をしている。

「どうしたの？　お腹が痛いの？」

「……このままでは自分を抑えられずに、欲望のままアラベルに酷くしてしまいそうだ。まったく煽るのが上手な姫君だな、参ったよ」

アルウィンはわたしに布団をかけて「少し待っていなさい」とおでこを指で突くと、抜剣した見事なアレをまっすぐに立てたまま部屋から出て行った。

「何度見ても、立派だわ……あんなものが本当に入るのかしら？　リリアンは痛くないって言ってたけれど、もしかするとサイズ的に小さめだったのかもしれないし」

わたしは親切な侍女の旦那様に対して、とても失礼なことを考えていた。

「さっき飲んだお薬が効くといいんだけど」と緊張しつつ、しばらく天蓋を見上げて待っていると、ドアが開いてベッドの中にアルウィンが滑り込んだ。

豪剣は小さくなっていた。

ほっとした。

あまり大きくしないで入れることが可能なら、そうしてもらいたい。

あとでアルウィンに頼んでみようかしら？

「アルウィン、お帰りなさい」

「ただいま」

複雑な表情の彼と至近距離で視線が合ったので、にこっと笑うと、笑い返してくれた。

わたしは女盛り（ええ、そうなのよ！）の美女（何度も言うけれど、そうなのよ！）で、アルウィンは頼もしい将軍閣下だというのに、ふたりともまるでいたずらをしてベッドに隠れている子どもみたいだわね。

わたしがくすくす笑うと、彼はどうしたの？　と不思議そうな顔をして、わたしの髪をすくい取って口づけた。

「だって、昔に戻ったみたいだったから。あの頃には、まさかアールガルド国のあなたとイスカリア国のわたしが結婚するなんて思わなかったわよね」

「そうだな。わたしは幸運だ」

王族も貴族も、ほとんどが政略結婚をするものなのだ。だから、大好きだった幼馴染みの王子様と婚約できたことは奇跡である。

「ねえ、わたしたちが結婚したら、毎日あなたを『お帰りなさい』ってお迎えするのね」

「それは最高に素敵な生活だな」

アルウィンは、少年だった頃のような笑顔で言った。

「ベルと結婚できるなんて夢みたいだ。とはいえ、わたしのことがあなたの記憶から消えたと知った時から、いつかもう一度、最初の出会いから始めてベルを恋人にすると心は決めて生きてきたからな。あなたを他の男に渡す気はなかった」

「……アルウィンのことを忘れていて、ごめんなさい。でも、記憶がなくても、もう一度出会ったあなたにまたわたしは恋をしていたと思うわ」

わたしは、初恋の王子様に言った。

ところが、彼は怪訝な顔している。

「また恋を、ってことは？　ベルはあの頃のわたしにも恋をしていたというのかい？」

「そうよ。あらいやだわ、あらためて言われると恥ずかしいじゃないの」

わたしはアルウィンの裸の胸に顔を埋めたが、彼は「いや、どう考えてもあの頃に恋されていたとは思えないのだが……」と呟く。

「恋する相手におぶさって『もっと早く走りなさい！　男でしょ！　馬に負けてどうするの！』とか言ったり『こんなにもか細い腕では、わたしと腕相撲して勝てないのではないの？』なんて残念そうな顔をしたりするかい？　『見て！　あの騎士は素晴らしいわ……男性の誉れよね……アルウィンももう少しなんとかならないかしらね……あ、エルフは筋肉がつきにくいんだったかしら』なんて見比べたり、腕立て伏せをさせてお尻を叩いたりもしてたような……」

「わーわーわー」

わたしはアルウィンの口を塞いで「なにも聞こえませんわー」と言った。

「ほら、おませな女の子の照れ隠し？　そういうのなのよ」

そうよ、美少年なアルウィンも嫌いじゃないわ。

「じゃあ、今のわたしと、以前のように細身のわたしだったら、どちらを選ぶの？」

「んもう、アルウィンの意地悪！　好みのど真ん中な筋肉を持ってきておいて、そんなことを言うの？」

わたしが拗ねると、彼は笑いながらちゅっとキスをした。

「では、あらためて今のわたしに恋してもらおうか」

彼は布団を剝ぐと、わたしに覆いかぶさった。そして、首筋に舌を這わせながら胸を弄った。

「あんっ！」

わたしは身体にびりりと走る快感に、思わず声を出してしまう。

「ベルの弱いところは知ってるから。急所を狙うのが戦いの定石だ」

耳に息を吹きかけ、アルウィンは笑いながら言った。その声だけでもう身体がぞくぞくしてしまう。少しかすれた彼の声は、頭の中を搔き回されるようにセクシーなのだ。

「ほら、ここがもう固くなってる」

胸の先を軽く摘まれたわたしは「やあん、なんで？」と身をよじる。痺れるような快感が全身を侵食し始めて、もうすでに脚の間から恥ずかしい液が滴り始めていた。

「なんでなの？　身体がおかしいわ」

「感じやすくなっているのは、もしやなにかを飲んだからかな？」

「ああっ、いろいろ混ぜて美味しくなった、あのドリンクのせいかもしれないわ！」

最初は単なる避妊薬だったのが、リリアンとわたしに混ぜ物をされてパワーアップした、世界樹印の精力剤になったアレのせいね！

「今夜がますます楽しみになってきたな」

アルウィンは薄く笑いながら、全身が密着するようにわたしを抱きしめた。熱い筋肉を全身で感じたわたしは、身体が震えるほどに感じてしまって喘ぎ声を漏らし、またアルウィンに笑われた。

「ベルはただでさえ素直な頭と身体をしているからな」

手のひらで脇を撫で下ろされて、わたしは「ああんっ！　え、頭は関係なくない？」と膨れた。

「大切だよ。こうして気持ちがよくなるのは、頭の働きだからな……ほら、見てごらん。ベルの胸の先の可愛いベルを鳴らすとどうなるかな？」

左の尖りを唇に含み、舌先で弾きながら、右の胸の先をコリコリと弄られたわたしは、あられもない嬌声（きょうせい）をあげて痙攣して、そのままイッてしまった。

「いい声で鳴くな。いじめたくなってきた」

「はっ、あん、やめて、身体が敏感になってるからあんまり、やあああんっ！」

彼は胸にむしゃぶりつきながら下の方に指を伸ばして、濡れそぼった割れ目に差し込んでくちゅりと言わせた。ひだの間に隠してあった花心を捉えると、指先でぬるぬるとくすぐって胸と同時に責める。

「ひあっ、やあっ、両方は駄目よ、あん、あん、また、きちゃうっ、あああーッ！」

イくと同時に、わたしの中に指を沈めたアルウィンは、中をいやらしくさぐりながら
「わたしの指を締めつけているよ。この淫靡な穴はなにが欲しいのかな？」と耳元で囁き、
その声を聞いてわたしの中は、いっそう彼の指を締めつけた。

「やっ、違うの、違うのよ」

「なにが違うの？　ほら、ちゃんとおねだりしてごらん。じゃないと、ずっと辛いままだよ」

アルウィンはわたしの唇を塞いで、熱い舌で口腔をかき回しながら、下の穴に埋め込まれた指を激しく出し入れした。

「んっ、ふうっ、んっ、んっ、んんんんーッ！！！」

腰がガクガク動いて止まらないまま、わたしはまた絶頂に達してしまった。

「気持ちいいんだね？　でも、もっといいものが欲しいんだろう？　もっと太くて、身体の奥の奥まで貫いてくれるものを」

中に入った指が増えて、わたしの恥ずかしい穴の壁をぐちゅぐちゅと擦って責め立てる。

「いっ、また、イッちゃう」

「イかせてあげない」

指をキュッと締めて、そのまま頂きに登ろうとすると、動きを止めてしまう。身体の中

に熱だけが溜められて、もっとしてと求める熱い液が溢れ出してくる。

「ここ、いいんだね」

「ああっ、んっ！」

のぼりそうで、のぼれない。

「すごく溢れてくるね。ほら、いやらしくて可愛いベルの穴はもうびちょびちょだよ」

途中でやめないでイかせて欲しいのに、アルウィンの意地悪な指はいたぶるだけいたぶって、中途半端なままで止まってしまう。

卑猥な水音が部屋に響くほど、数本入れた指を抜き差しして中の感じやすいところを
ひっかくのに、身体を震わせてのぼりつめようとするとゆっくりと入り口を擦って焦らす。

「ああ……」

イきたいのに、イかせてもらえない。あともう少しなのに、生殺し状態で放置される。

「愛液が後から後から溢れてきて、まさに洪水だな」

ひくひく収縮するわたしの蜜穴は、彼を求めて涙を流すように、太腿からベッドを濡ら
していく。

「あ、アルウィン、もう許して」

「うん、イってごらん……ただし、こっちでね」

彼はわたしの両脚を持ち上げて割り開くと「いやらしく膨らんでるな」と言って、涙を
流すわたしの顔に笑いかけながら、固くなった花芯を舌で下から何度も舐め上げた。

「あひっ、ふうっ、はあんっ」

その度に身体が痙攣して、何度も軽くイく。

「やっ、やだあっ、こんな、つらいのっ」

「この中が寂しいんだろう？　駄目だよ、ベルはまだ処女なんだからゆっくりとほぐしてあげないとね」

浅いところをカリカリと引っ掻きながら敏感な突起を吸われて、わたしは数えきれないほど小さくイかされた。その度に、身体の中からこぷこぷと液体が漏れ出て、そこに男を入れて欲しいと熱望する。

「アルウィン……もう、辛いの」

肉体美を誇る将軍閣下は、べそをかきながら口をへの字にするわたしを悪魔のような視線で見て「うん、とても可愛いよ、わたしのベル」と満足そうに言った。

「あなたのことはとても愛おしくて大切でたまらないのに、同時にめちゃくちゃにしてしまいたくなるのはなぜなんだろうな」

「はあん！」

肉芽を指先で弄ばれてその度に身体をひくつかせるわたしに、瞳の奥に欲望の炎を燃やした婚約者は不穏なことを言いながら唇を舐めた。

「や、もう、お願い」

「泣き顔も可愛いからかな？　必死ですがってねだる、乱れた姿もきっと可愛いと思うから……ぜひゆっくりと見せてもらいたいものだ。今夜は寝かさないよ」

彼の指がまた激しく動き、ちゅぱちゅぱ吸われる胸と同時に中のいいところを擦って水音を立てる。

「あっ、イく……」

「イかせないよ」

熱さだけが残ったわたしは、身体の疼きを持て余して身をよじり「お願い、イかせて」と啜り泣いた。

優しい美少年は、どこに消えたの？

「わたしの、わたしだけのベル……愛している……さあ、もっと可愛く鳴いて」

たが外れた婚約者は、わたしの身体をいいように操ってはいたぶり尽くす夜のドS大魔王になっていた。

半泣きで睨みつけるわたしの腰に手を回すと、力持ちの将軍閣下はわたしをひっくり返して四つん這いにさせた。

「なんのつもり？」

「昔よく、ベルはわたしの背中にまたがっていたなと思ってね」

にこやかに言っているけれど……わかったわ！　これは筋トレと称して背中に乗っていた昔の仕返しなのね？

「あなたがそんなに根に持つ性格だったなんて……知らなかった……わ？　あら？」

いや……はたしてそうだろうか？

優しい美少年は、わたしが見ていた顔とは違う顔を持っていたのかもしれない。

ギリアン国で目撃してしまった若い女性の死亡事件のショックと、その後にアルウィンにかけられた「全部忘れて」という暗示で見事に忘れてしまった、幼い頃のあれこれをはっきりと覚えているアルウィン。

そして、その時からわたしをターゲットに定めて、将来の結婚相手となるようにひたすら身体を鍛え、エルフには珍しい見事な筋肉男子となっていたアルウィン。

彼と再会したのは偶然ではないのかもしれない。兄であるウォルティス国王陛下と義姉であるアリスちゃん、そしてマリーお婆様も、わたしの存在も彼の目指すものも知っていたようだ。そして皆、わたしにとても好意的なのは、彼の目的のための根回しがあったからではないのだろうか？

そう、ブレずに、いつだってわたしに一直線。獲物を逃がさない肉食獣のように。

どうやらわたしは、罠に追い込まれたウサギだったようだ。

「ベルはなにを言っているのかな。わたしは昔のことなど全然根になど持っていないさ」

「絶対に嘘よ！」

恥ずかしいポーズにさせられたわたしは叫んだが、アルウィンは爽やかすぎてむしろ胡散臭い笑顔を見せた。

「嘘ではない、わたしがあなたにまたがったら潰れてしまうだろう？　わたしはただ、あなたのすべてを見守って、最高に気持ちの良い初体験にしてあげたいだけだよ」

　笑顔でわたしのお尻を撫で回し、わしわしと揉んでいるこの将軍閣下は、めちゃくちゃ執念深い性格なんじゃないの？

「可愛いお尻だな、わたしに揉まれてこんなに喜んでいる。誘うために見せつけているのか？」

「違うわ！」

　お尻が勝手にくねるのは、わたしの意思ではなく特製精力剤のせいなのだ。

「後ろから見ると、花びらの間からたくさん漏れてくるのがわかる……後ろからするなんて、まるでケダモノのようだから、最初にしたくないのだが……こんなに欲しがられては、わたしももう我慢が……」

「え？　あ、あ、ああっ、そんな、後ろからだなんて恥ずかしいわ、アルウィン、待って」

「すまん、待てない」

「やだわ、こんな姿で……ああっ！」

　硬いものが当てられたのを感じて逃げようとしたが、彼はわたしの腰を両手でがっちりとつかんだ。そして彼は「無理矢理にベルを犯すみたいだけど、こんなにも魅力的に誘ってくるお尻がいけないのだぞ」と言いながら、熱い肉棒でわたしの中に押し入ってこようとした。

「ああぁーっ、無理よ、酷いわ、これは無理矢理だわ！　だって、そんなに大きいのを中に押し込まれたら壊れちゃう！　バカバカ、アルウィンのケダモノ！」

「そんなことを言いながら、わたしを気持ちよく締めつけないでくれ！　まったく、なんて身体をしているのだ、わたしはこれでも加減して……くっ」

アルウィンの顔は見えないけれど、激しい息遣いが聞こえる。

「これはまずいな、もっと時間をかけてしたかったのに、ベルが可愛すぎるのが、いや、いけない！」

「いやあん、後ろから入れちゃ駄目って言ってるのに、はあんっ」

口では拒絶しているけれど、わたしの身体はそれを求めて快感を生み出してくる。

「やだあ、気持ちよくなっちゃう、後ろから犯されてるのに気持ちよく、なって、いや、あああん！」

これは、淑女にあるまじき性行為なのだ。円熟した夫婦ならば許されるが、初体験でこんなことをするのはいただけない。けれど、わたしの理性も、アルウィンのと一緒に吹き飛びそうだ。

あまりにも気持ちがいいから！

「抜いて、本当に違うの、これは違うから、もう中に入らないで」

「うんん……ああ無理、抜くことは無理だ！」

「酷いわ、こんなことして許さなあああん！」

快感で身体が震え、勝手に腰が動いて彼を飲み込もうとする。

前後に揺らしながら少しずつわたしの中に入り込んできた太い棒の存在を、わたしの身体は喜んでいるのだ。押し出そうとしているのか引き込もうとしているのかわからないが、お腹の中が何度も収縮している。そのたびにアルウィンの形を感じて気持ちよくなってしまう。

押さえ込まれて動けないわたしは早い呼吸を繰り返して、身体の中を擦られて次々に生まれる快感に抗おうとするが、無駄な努力だった。

「熱くて太いのが……奥に来て……ああ、気持ちいいの、ごめんなさい、気持ちよくなってごめんなさい」

わたしは啜り泣いた。

「すごくぬるぬるとしていて、柔らかい秘肉が、わたしを捕まえて離さないんだがっ、結構限界なんだが！　これは、気持ちがよすぎる、ずっと欲しかったベルの身体に入れて、もうわたしは……」

アルウィンの肉棒が半ばまで差し込まれて、大きく前後に動き始めた。

「あん、もう、やめて、そんな風に、たくさん擦っちゃ、駄目なの」

「くうっ、もう我慢ならない！」

「ひうっ！」

大きく広げられたわたしの奥の奥まで、勢いよくアルウィンのモノが入ってきた。充分濡れほぐれているせいか、世界樹の薬のせいか、初めてなのに巨大な肉棒を痛みもなく飲み込んでいる。

　じゅぶっ、ぶちゅっ、という卑猥な音を響かせて、わたしの女性とアルウィンの男性が結合し、激しく絡まり合っては離れる。深いところまでえぐられるようにされたわたしは、悲鳴のような鳴き声をあげて喘いだ。

「アルウィン、気持ちいい、気持ちいいの」

「わたしも、気持ちいいが、くうっ！」

　彼は繋がったままの姿でわたしの身体を倒して、器用に片脚を肩に乗せた。ようやく見えたアルウィンは、苦しそうに顔を歪めていて、光る汗がとてもセクシーで、わたしの身体が反応してきゅんきゅんと収縮してしまう。

「はうっ、ベル、そんなに搾らないでくれ！」

「駄目なの、止められないの、あっ、また、来ちゃう、アルウィン、イっちゃいそうなのっ」

「ふんっ」

　真っ赤な顔のアルウィンがわたしの身体をがっちりとつかんで回すと、わたしたちはようやく向き合って抱き合えた。脚の間に男性を挟むという、あられもない姿のわたしに、アルウィンは身体を密着させるようにしてキスをした。

「お待たせ。イってごらん」

　ゆっくりと腰を動かしながら、彼は「見てごらん。ベルのあそこになにが入れられてい

るのかわかるね？　いやらしく飲み込んで、すごく締めつけてくるよ」と結合部分をわたしに示した。

「ずっとこうしたかった。ベルのすべてをわたしのものにしたかった。とても幸せだ」

「アルウィン……」

「中に、いっぱい出すから受け止めて」

そう言うと、彼は激しく腰を振り始めた。

ぐちゅぐちゅいう音と、はっ、はっ、という声。

「ベル、出すぞ！」

「！」

身体を貫くような快感に、背中が弓なりに沿ったわたしは、声もなく痙攣してとても高いところまで一気に駆け上がった。

「ああ、ベル……わたしのベル」

極まったはずなのに、アルウィンは再び激しく腰を振る。

「ひっ！　あ、またイっちゃう、イく、イく、あああーッ！」

全身をガクガクさせて、わたしはイった。

休む間もなく、またアルウィンが攻めてくる。

「嘘でしょ、そんな、なんで？」

「ベル、たくさんイかせてあげるから」

精悍な身体の美しい筋肉将軍は、驚くほどの体力を持っていることをわたしに示した。

「ほら、もっと気持ちよくなっていいから」

「ひあああーッ！」

何度も、何度も、イった。

いくらイっても、アルウィンの熱い肉棒がわたしを貫き、さらなる高みに押し上げる。

「イくっ！　イっちゃう！　ひううーッ！」

「イく、イく、ひいいいーッ！」

「やっ、はっ、あああーッ！」

「あぐっ、んあーッ！」

許して、もう許して。

これ以上はおかしくなっちゃう。

「ベル、愛しているよ。いくらでも注ぎ込んであげるから、たくさん飲み込んでくれ」

「や、も、はあああーッ！」

「ああ可愛い、わたしのベル、わたしだけのベル、誰にも渡さない、もっともっと犯して、全身をわたしで染めてしまいたい」

「！　！　！」

気が変になるかもしれないという恐怖と、頭の中までドロドロに溶けそうな快感にさらされたわたしは、喉がかれる頃になって、ようやく意識を手放すことができた。

第七章　忌まわしき足音

目が覚めたら、美しい刺繍(ししゅう)が施された厚い生地のカーテンの隙間から朝日が射し込んでいた。

「ん……朝なのね」

目の前にあるのは、発達した胸筋。

わたしのベッドに誰がいるのかしら……。

「あっ！」

昨夜の事（主に、痴態……）を思い出したわたしが視線を胸から外すと、そこにはとてもご機嫌な若き将軍閣下の顔があった。

顔より先に筋肉に目が行ってしまう令嬢でごめんなさい。

片目は眼帯で隠れているけれど、その整った顔は眼福である。エルフの王子であるアルウィンは精悍なイケメンなのだ。身体も顔もよいわたしの婚約者で、初めて身体を繋いだ男性で、夫になる人で……夜のベッドではとんでもない男！

「おはよう、ベル。寝顔も可愛いな」

朝の光の中では貴公子にしか見えないから、彼の本性はわたししか知らないのだ。イきそうでイけない生殺し地獄で悶えるわたしを、いい笑顔で愛でる悪い男なのに！

いやだわ、あんなに酷い目にあったのに、また身体の中に火がついてしまいそう。

「あり、がとう。おはよう、アルウィン」

動揺したわたしは、顔を引き攣らせながらもなんとか返事をした。

「その、よい朝ですわね」

これはきっと、どんな淑女も通る道。

恥ずかしい記憶は、朝日の中に消えていくのだわ、ええ。

「そうだな。よい夜の次に迎えたのはよい朝だ……素晴らしい夜だった」

ああっ、夜のことは忘れて頂戴！

「そしてこんな風に、あなたを腕に閉じ込めたまま迎える朝は、とても輝いていて素晴らしいものだ」

「ええと、そうね。今朝はお天気もよくて最高ね！」

「これから毎朝、ベルにおはようの挨拶を一番にするのはわたしだよ」

「それは光栄だわ」

毎朝なのね……身体が持つかしら？

ぎこちない会話が落ち着かなくてみじろぎしたわたしは、身体が思ったほど汚れていないことに気づく。シーツもピンとしている……おかしい。夜の大暴れでかなりぐちゃぐちゃになっていたのに。

身体の方も、口に出さないいろんな液体でドロドロになっていたはずなのに、さらりとした肌だし、ちゃんとネグリジェも着ている。

アルウィンは全裸だけどね！　大変よろしいわね！

ということは、アルウィンが気を失ったわたしを介抱して拭いてくれたのだろうか？

「もしかして、あなたが身体を綺麗にしてくれたの？」

「うん。ベルが眠ってしまったからね、そのままわたしが風呂に入れて、よく洗っておいたよ……全身を丁寧にね」

「お風呂に？　全然気がつかなかったわ」

あと、今意味ありげに笑ったことにも気づかなかったことにするわ。

「あなたはぐっすりと寝ていたね」

それは寝ていたんじゃないの。

気絶していたの。

「できる限り洗ったけれど、髪は難しかったからね。侍女に洗ってもらって……いや、なんなら今から一緒に風呂に入って洗ってあげようか？」

入る気満々になって身体を起こそうとするアルウィンを止める。

「いいえ、大丈夫！　侍女の方が洗い慣れているし、ね？　けっこう丁寧にお手入れしているのよ、わたしの髪の毛って」

「なるほど。だからいつも艶やかで美しいのだな」

彼はわたしの髪に手を伸ばした。

「んっ」

変な声が出てしまい、慌てて口をおさえる。彼が指で髪をすいたら、背中にぞくりと危険な刺激が走ったのだ。

まずいわ、まだ特製精力剤の効果が切れていないってこと？

「なに？　もしかして誘っているのかな？　朝の光の中であなたのことを可愛がるのもまた一興だから……する？」

アルウィンの瞳に野獣の光が灯る。

「ちちちちがいます、お、おなかが空いたわよねー、朝ごはんはなにかしらー」

魅惑の胸筋を両手で押しながら、わたしは棒読みで言った。

世界樹の雫とかアルウィンの癒しの能力とか、いろんなものが作用しているせいか、身体に痛みはないけれど……正直、疲れが残っているのだ。朝から盛られたら、間違いなくわたしの一日は『これにて終了』になってしまう。

「そうか。じゃあ、食事の後にもう一度……」

「あのね、あなたとわたしとでは体力が全然違うってことを忘れないで頂戴ね」

わたしは手のひらで筋肉を叩きながら言った。

「身体を壊して寝込むようなことは避けたいの。その、あなたと睦み合うのは……とてもいいと思うので、末永く楽しめるように、自重して行動してね」

「……まだ身体が辛いのか？」

「きゃっ」

わたしはアルウィンに抱きしめられてしまった。癒しの力を使ってくれているのだろう。

あ、起きたばかりなのに、眠くなってきたわ……。


そのままわたしは熟睡してしまって、起きた時にはアルウィンはいなかった。仕事に行ったのだろう。

ベッドサイドのテーブルにあるベルを鳴らすと、メリッサが「おはようございます……もう昼ですけれど」と部屋に入ってきた。

「先にお食事を召し上がりになってから入浴になさいますか？」

「ええ、少し食べてからの方がよさそうだわ」

メリッサの指示で他の侍女たちも入室して部屋が賑やかになる。

「アラベル様、お身体はいかがですか？」

「ありがとう、リリアン。あのお薬が効いて痛みもなかったし、体調もとてもいいわ」

「それはようございました」

こうしてみると、リリアンは人妻らしく落ち着いて見える。

ちなみにロージー、フィーリア、ポピーナのエルフ三人娘はまだ婚約もしていないので、少し頬を染めてわたしをチラチラ見ている。きっと初夜が気になっているのだろう。

「畏れながら、将軍閣下はお優しかったでしょうか？」

ポピーナがもじもじしながら尋ねた。

まだ乙女であるこの侍女たちに、わたしの経験を伝えていかなければ！

「それに対する答えはとても難しいのだけれど……一生記憶に残る、情熱的なひと時だったことは確かだわ」

「まあ！」

「情熱の一夜だなんて、素敵だわ！」

独身の侍女たちが盛り上がり、メリッサもすまし顔をしながらもしっかりと聞いている。

「昨日配合して飲んだ、お風呂上がりのあのドリンクはね……大変な効果がありました。皆様にも、ぜひ世界樹の雫を加えて飲むことをお勧めしますわ」

「ど、どんな効果でしょうか？」

「差し支えない範囲で、ご教授くださいませ」

わたしは顔を両手で隠しながら「いささかはしたないですが、殿方には大変喜ばれる状態になりますの……これは正式に、初めての淑女のためのドリンクとして普及させるといいと思いますわ。熱い夜になること、請け合いです」と言った。

「リリアン、よかったら、避妊の効果のある成分を抜いてご夫婦で試してみて頂戴な」

「はい、お任せくださいませ」

これで今夜は、エーデルス夫妻の熱い夜になる。

ベッドテーブルが置かれて、卵料理にフルーツ、スープとパンの簡単な朝食が並べられた。ブルーベリージャムをつけてパンを食べると、素晴らしい香りが広がる。

「アールガルドの果物はみんな美味しいわね」

「ほとんど野生のものだそうですわ。品質のよい果物がたっぷりと採れるから、栽培する必要がないそうです。世界樹の恵みと、植物と相性がよいというエルフの特性のせいでしょうか」

メリッサは、この国のことをよく調べているようだ。

「野菜もとても美味しいものね。まさか、あれも野生のものなの？」

「そうらしいです。畑を作らないで済むので人手があまり必要なく、この国の人々には余暇が多いそうですよ。ですから、音楽、絵画、演劇といった芸術が盛んで、高名な芸術家のもとには他国からの依頼がたくさんやってきます。アラベル様の姿絵も、エルフが描いたものが多いです」

「へええー、知らなかったわ」

「アラベル様、口調」

「まあ、それは存じ上げませんでしたわ。この国の芸術に触れるのが楽しみですわね」

わたしはにっこり笑って、パンを口に入れた。

「あと、デザートに触れるのも楽しみですわ」

「いつもながら、食いしん坊さんですわね……」

メリッサはそう言いながらも「食後に三種の果物とフレッシュミルクのジェラートが用意してございます」と笑った。

軽い食事を済ませたら入浴して髪の毛を洗ってもらい、侍女たちの丁寧な手入れによりいつもの美しさを取り戻した。わたしはまめな性格ではないから、彼女たちがいなかったら、きっとろくに手入れもできずに毎日ひとくくりにして過ごすだろう。『薔薇の姫』という評判の半分以上は側付きの者たちの功績だと思う。

「メリッサ、お風呂が済んだら改めておなかが空いたわ」

「用意してございます」

わたしは王族の義務を果たす代わりに、こうした快適な生活が保障されているのだ。美しく優雅な存在でいることも、そのひとつである。

女性の王族として最も大きな義務である『政略結婚』が大好きな殿方とできることになったのは、喜ばしいけれどなんだか申し訳ない。他のところで義務を果たすべく、がんばりたいと思う。

今夜もまたアルウィンが、がんばってくれそうな予感がするので、なるべく体力を温存しようとローストビーフなどをつまみながらのんびりと午後を過ごしていたら、ウォルティス国王陛下からの呼び出しが来た。

「アラベル様には、軍議室に来ていただきたいとのことです」

国王陛下からの使いの言葉に、わたしは首をひねる。

「なにかあったのかしら？」

メリッサも腑に落ちない表情をしている。

「正式に第二王子殿下と婚約したとはいえ、アラベル様はまだ王族の一員ではございません。国の機密情報がある『軍議』室に呼ばれるとは……リリアン様、もしやアールガルド国での軍議の意味が、イスカリア国のものとは違っているのかしら？」

「いいえ」

リリアンも、怪訝な顔をしている。

「軍議室には戦争の資料や地図などが置いてあり、文字通り軍議を行う機密の場所にございます。戦に関わらない淑女が足を踏み入れる部屋ではございませんわね」

彼女は「王妃陛下はよくご参加されますけれど」と付け加えた。大槌を軽々と振り回すドワーフの女戦士は、軍議には欠かせない存在なのだろう。

「とりあえず、行ってみるわ。間違いではなさそうだし……なにごともなければいいのだけれど」

使者も頷いているので、わたしは素早く身支度を済ませると軍議室に向かった。

「アラベル王女殿下、どうぞお入りください」

軍議室の前には左右に二人ずつ警備の騎士がいたが、そのうちの一人が扉を開けてわたしを通してくれた。彼らは必要ならば伝令として走るため待機しているのだ。

「アラベル第二王女にございます。入室いたします」

中に入ると、その部屋にはウォルティス国王陛下夫妻とアルウィンの他に、ひどくくたびれた姿の顔色の悪い初老の男性がいて、マリーお婆様になにか薬のようなものを飲まされていた。

「そら、椅子にかけなされ」

「いや、わたしにはそのような資格は……」

「ふんっ」

弱弱しく抵抗する男性は、マリーお婆様のひと押しで椅子に座らされて「病人はおとなしくしておればよいのじゃ！」と叱られている。

そして、おろおろしながらその様子を見ていた若い男性も「お前さんも座っておけ！　疲れて転んで骨でも折られたら面倒が増えるからのう」とお婆様に睨まれて「……はい」とおとなしく腰を下ろした。

彼も栄養が足りていないようで、頬がこけて酷い顔をしているし、姿勢もふらついている。そして、ふたりともなのだが、何日も着替えをしていないようなボロボロの服を着て、異臭も漂っている。

「アラベルちゃんも、適当に座っていいよー」

ウォルティス国王陛下は、あいかわらずヘラヘラと手を振った。

「ベル、俺の膝……隣に座るがいい」

アルウィンがそう言って、わたしを座らせようとしたが、薬を飲んで顔に赤みが差した初老の男性がわたしを見て、目を見開いた。

「その美しい薔薇色の髪に美しい姿……愛らしき薔薇姫でいらっしゃるな！」

喉が半ば潰れていた男性はそう叫び、すぐに咳き込んでお婆様に「これ！　騒ぐでない！」と叱られた。

傷だらけの若い男性も、顔を引き攣らせながら言う。

「イスカリア国のアラベル王女殿下でございますね、おお、ご無事でいらして安心しました。けれど……」

ふたりの見知らぬ男性は口々に言った。

「姫、早くお逃げなされ、ここより遠くへと、早く！」

「恐ろしい奴らが来る前に！　でないと、この世界が……姫までが捕まってしまったら……」

世界が滅んでしまう。

絶望の闇に瞳を染めながら、彼らはそう言った。

「わたしが？　逃げる？　どういうことでしょうか」

状況がわからないわたしの身体を抱えるようにして支えながら、アルウィンが教えてくれる。

「このふたりは、ギリガン国王陛下と侍従だ」

「……まさか、ご病気で動けないというお話の、国王陛下ですか？」

わたしの記憶するギリガン国の国王は、選ばれし光帝国を名乗る自信に満ちた、もっと若々しい壮年の男性である。このようなお年寄りではない。

アルウィンに視線で尋ねると、彼は「確かにこの方は国王陛下だ」と頷いた。

「国王陛下は病気ではなく、地下深くの牢にシャーズ王太子の手で監禁されていたのだ」

「監禁ですって？　一国の王を監禁するなんて、正気の沙汰ではないわ！」

「……くくっ、確かにのう」

わたしの言葉を聞いたギリガンの国王陛下は、乾いた笑いを漏らしてから「そう、その通り、我が息子は正気ではないのだ……元々愚かではあったが、悪しき存在に心を蝕まれて狂気の王太子となってしまった……」と呻くように言った。

「陛下は、病気で没したことにされ、殺害されるところだったとのことだ」

「なんて恐ろしいことを！」

「国王陛下の腹心をはじめとする信頼できる貴族たちがなんとか助け出したが、残念ながら皆命を落としてしまい、残ったふたりだけで命からがらアールガルド国にたどり着いたというわけだ」

「実のお父様にこんなひどい仕打ちをするなんて……」

すっかり老け込んだ国王陛下は、目に涙を浮かべながら無念に顔を歪めて言った。

「こんなことになるならば、もっと早く……息子に引導を渡しておくべきであった。それが王としての義務であったのに、我が子可愛さで大目に見てしまい、この有り様だ」

マリーお婆様は、今もギリガンの国王陛下を治療している。治しても治してもきりがない状態だ。髪が抜け落ち身体の一部が黒く変色し、左手は手首より先がない。国王陛下が酷い扱いを受けていたのがよくわかる。

絶句する私に、アルウィンが言った。

「ベル、落ち着いて聞いてほしい。シャーズ王太子は邪な存在に身体と魂を売り渡したそうだ。化け物と融合した王太子はギリガン国の近くにあったリフレス国を襲撃して、美しい髪を持つ女性を生け贄にし力をつけ、そのまま国を滅ぼしたそうだ」

生け贄で力をつけた、ですって？

そういえば、シャーズ王太子は若い女性の髪に執着していた。わたしを攫った時には、すでに多くの女性が犠牲になっていた様子だったけれど、邪神への捧げ物がどうとかと狂気をはらんだ瞳で話していた。

決して神ではないと思うけれど、なにか異形の存在がシャーズ王太子と手を組んでいたのは確からしい。そして、力をつけた化け物はシャーズ王太子を取り込んだのだろう。

「ベル……今、化け物はベルの髪を求めてこちらに向かっている」

「化け物が……わたしの髪を……ああ、どうしましょう！」

わたしは恐ろしさで倒れそうになり、アルウィンにすがりついた。

ギリガン国の侍従が言った。

「畏れながら、シャーズ王太子によると、アラベル王女殿下の髪がこの世界で最も美しく、最後の供物になるとのことで……そうなったらもう、誰も化け物を止めることはできません。完全体となってこの世界を飲み込むでしょう」

「シャーズはおぞましき魔物の群れを率いており、リフレス国の女性と髪を吸収した今では、すでに倒すのにはかなりの困難な強さとなっておるだろう。しかし……まだ、人の手で倒せるのだ」

ギリガン国王陛下は、憔悴した様子だが、その目にはまだ希望の光が残っていた。

「この者はサンスといい、暗部で働いていた若者だ。そのためあの化け物についての情報をいくらか持っている」

「畏れながら、サンスと申します」

若い男性は頭を下げて「暗部で働いていた者たちはシャーズ王太子殿下の裏切りを知り、国王陛下の救出を試みた結果、わたしを残して全滅いたしました」と淡々と言った。

「シャーズ王太子殿下が邪神と称していたあの化け物は、悪意から生まれた悪魔に近い存在です。王太子殿下の欲望と虚栄心に付け込んで多くの人々の命を奪った上、若い女性の髪を収集していきました。集めれば集めるほど力が増して、『世界で最も美しい髪を集めたところで完全体となる』という誓約の下で、さらに強大な力を欲しています」

彼によると、化け物の全身は惨殺された女性の髪で覆われているとのことだ。

「残すのはアラベル王女殿下の髪ということで、もしも化け物が手に入れたらもう人の手では倒せなくなります。しかし、今なら、身体のどこかに髪で覆われていない場所があり、そこを突けば倒せるはずです」

「……うわあ」

ウォルティス国王陛下が、なんとも情けない声を出した。

それは、非常に難しい。

わたしも『うわあ』と言いたくなる。

顔をひくひくさせて「なんて気持ちの悪い化け物なんだろうね」と言うウォルティス国王陛下とは対照的に、表情を変えないアルウィンは若者を労った。

「わかった。死線を潜り抜け、貴重な情報をよくぞもたらしてくれたな、サンス」

「はっ」

「勇猛に散った暗部の者たちの命を、我々は決して無駄にはしない」

サンスは無言でアルウィンに頭を下げると、小さく鼻をすすった。

「兄上、わたしにお任せください。必ずや弱点を探し出して、化け物を退治してみせましょう」

「うん……頼んだよ、アルウィン。お前にはできる気がする」

「では、化け物との決戦について話し合いましょう。まず、アラベル王女をこの国から逃すのは悪手です。奴の狙いはアラベル王女であるから、どこに逃げても必ず追いかけて行くはず。そして、我々は化け物にどのような能力があるのか把握できていない。もしも兄上のように転移の能力を持っていたとしたら？　アラベル王女の元へ飛ばれたらそれで終わりだ」

「確かにそうだね。空を飛ばないとも限らないし……ここで守りを固めてアラベルちゃんを守った方が確実だね」

「はい。化け物はこの王宮に一直線に向かってくる可能性が高い。決戦は、王都の前方にある平原とする。化け物がいる場所から王都までに居住する国民を直ちに避難させよ！」

「はっ！」

アルウィンはきびきびと命令を下し、連絡のために部屋の外に待機する騎士を各方面に走らせた。

「兄上、早急にオードリー王妃陛下をイスカリア国に送りましょう」

「わかった。すぐに移動の準備をさせて」

また連絡のために騎士が走る。

「アルウィン……メリッサを呼んでもらえるかしら？」

将軍の邪魔をしたくないので、椅子に座って震えていたわたしはアルウィンに頼んだ。

「あと、メリッサに状況を説明してもよろしいでしょうか？」

ウォルティス国王陛下に尋ねると、彼は「あー、あの気の強い侍女ちゃんだね。かまわないよ、アラベルちゃんを支えてもらわなくちゃならないから」と軽く答えた。

「それとも、アラベルちゃんは部屋に戻っているかい？」

「いいえ、このままこちらに参加させてください」

これは自分に関わることなのだ。とても恐ろしいけれど、しっかりと向き合わなくてはならない。

「それからアリスちゃんも、今回は戦場に出ないでアラベルちゃんを守ってて。身重なんだからね」

「とりあえずは、わかったわ」

アリスちゃんは「その代わりに、国のドワーフ戦士たちに連絡して、一緒に戦ってもらいましょう。アラベルちゃん、安心して。気持ち悪い化け物なんて、わたしたちがサクッと倒してしまうからね」と、震えるわたしの肩を抱きしめると、部屋を出て行った。

「さすがはアリスちゃん、頼りになるね。ドワーフの戦士たちが来てくれるなら心強いなあ……っと、お婆様、どうしたの？」

「どうしたもこうしたも、ギリガンの国王をさっさと寝かせてやらんかい。いつぶっ倒れてもおかしくない衰弱ぶりじゃろうが」

老王を見ると、半ば白目を剝いていて、「陛下！　しっかりなさってください！」と元暗部の侍従に揺さぶられていた。

「陛下！　死んではなりません！　まだやることがあるでしょう！　あの馬鹿息子のやらかしたことの責任を取ってくださいね！　うちの部署の奴らが全員であの世から睨んでま

すよ！　陛下！　陛下！　へっ、いてっ！」

衝撃を受けたサンスは頭を抱えてうずくまった。

「そんなにゆすったら死んじまうがな！　おぬしは病人をなんだと思っておるのじゃ、その国王の息の根を止めたいのかと思うほどじゃわい」

「……すみません、止めたくないです」

後頭部を叩かれたサンスは、国王を背負ってマリーお婆様と部屋を出て行った。


そして時間が過ぎ、今度は王宮の大広間でお母様が揉めていた。

「駄目ですわ、アラベルを置いては帰れません！」

「お母様……」

一連の流れを聞いたお母様は、籠を持った国王陛下の前でわたしにしがみついていた。

「オードリー王妃、向こうの森でイスカリア国の騎士たちが待ってるよ。早く出発しようよ」

「わたしだけではなく、アラベルも共にイスカリア国に戻るのです」

「うーん……気持ちはわかるけどさあ……」

ウォルティス国王陛下は、籠を下げたまま困っている。

「お母様、それはできません。いくら恐ろしくても、イスカリア国に隠れていることはできないのです。そんなことをしたら、わたしを追いかけてくる化け物に国が襲われてしまいます。イスカリア国の兵だけで、強大な化け物を倒せますか？　無理ですわよね」

「ああ、アラベル……美しい髪を持ったばかりに、こんなことに巻き込まれて……」

心配して涙を流すお母様に、わたしは震える声で言った。

「イスカリア国の王族として、国民を危険にさらすわけにはいきませんわ。この国のエルフの皆様はとてもお強く、世界樹の守りは堅いのですし、さらにアールガルド国の同盟国から多くの精鋭たちが力を貸してくれるそうです。わたしはここに残ります。お母様、イスカリア国をお守りくださいい。エドワードのことも、よろしくお願いします。あの子はまだ幼いのですから、お母様が必要なのです」

「アラベル……」

「わたしは、アルウィン将軍の妻となる者です。将軍閣下を信じて、この国でシャーズを迎え撃ちますわ」

お母様は、納得しなかった。けれど、小さな声で「無事を祈ります」と呟くと、世界樹の枝で作られた籠に入り、ウォルティス国王陛下に送られて行った。


そして、数分後。

「わたしの娘を襲うような忌むべき化け物は、片っ端から滅してやろう！」

「ああ、ここがアールガルド国の王宮なのですか。素晴らしい建物ですね。精霊の息吹もたくさん感じられますから、全力で気持ちよく魔法を放てそうです、ははは」

「お父様！　シュワルツ公爵！　なんでここに来ちゃったの？」

驚愕するわたしに、ふたりは「だって、倒さなかったらどうせ世界が滅亡してしまうのだろう？　それはもう、ヤるしかないだろう？」「全力でヤってしまっていいんですよね、相手が人ではないのなら、容赦なくヤりますよ」と、身体から闘志を噴き出している。

「ごめんねアラベルちゃん。わたしは一応止めたんだよ。一応ね。それは覚えておいてね」

そんなことを言いながら、ウォルティス国王陛下はこそこそとドアの方に行ってしまった。

どうするの？

やる気満々なふたりだけど、これ、イスカリア国の王と筆頭補佐官なのよ？

「わたし、王太子はちゃんと置いてきたんだからね！　そこは褒めてね！」

部屋から出ながら、ウォルティス国王陛下が駄目押しをする。

いや、褒めないわ！

第八章　アールガルドの決戦

数日のうちに、化け物と融合したシャーズ王太子の進行方向からすべての民が避難をした。斥候の報告によると、魔物の群れを引き連れたシャーズ王太子の軍隊には、もう人はいないらしい。皆魔物に喰われてしまったからだ。

ギリガン国の惨状を知った国王陛下は「早くシャーズを処分しておくべきであった……これはわたしの責任だ……」と今にも死にそうな顔でうわ言のように呟いていたが、ウォルティス国王陛下に「そう思うなら、後始末をしっかりしてよね。化け物はこっちで倒しておくけど復興は丸投げする予定。さっさと体力を回復しなよ」とさらっと流された。

お付きの若者には「そうですよ陛下、子どもの落とし前をつけるのが親の役目なんですから、しっかり食べてくださいね。自害で逃げることは許しませんよ」と、優しそうな口調だけどキツいことを言われていた。

一国の王とは誠に大変な仕事である。あんな立場にはなりたくない。

アールガルド国の兵を中心とした連合国軍も、腕に覚えのある者たちが集結してかなりの戦力となっていた。

風と植物に関する魔法を得意とするエルフたちと巨大な斧や槌を振り回すドワーフたちに加えて、イスカリア国からは真っ赤な髪と髭がトレードマークの豪炎の精霊魔法使いオズワルド（ちなみに、国王であるわたしのお父様のことだ）と、水色の髪と瞳の氷雪の貴公子エディール・シュワルツ公爵（素敵な筋肉はイスカリア国でも五指に入るレベルだということも付け加えたい）も参加することになった。

彼らを率いるのは、もちろんアルウィン将軍である。

シュワルツ公爵を凌ぐ、天上の美ではないかと思われるほどのしなやかな筋肉ボディの将軍閣下（シュワルツ公爵、ごめんなさいね！　公爵の筋肉も素敵なんだけど、恋する乙女の主観だから許してね）は、決して揺るがない太い柱のような精神を待つ、たいそう頼りになる将軍だ。

今回も、いつものようにへらへらしているウォルティス国王陛下（それもある意味素晴らしい精神力だけれど）の相手をしつつ、司令塔となって的確な指示を出し、軍をまとめ上げている。

彼は忙しくてわたしのことをかまう余裕がないし、世界の存亡がかかった戦いに集中して欲しいので、シャーズ王太子の目標であるわたしには、畏れ多くもこの国の王妃であるアリスちゃんと忠実な侍女であるメリッサがついて、心の支えと護衛になってくれている。

「見てください、アラベル様！　国王陛下宛におねだりのメッセージを頼んだら、このイスカリアの武器『滅翔炎竜の弓』を貸してくださったんですよ！　国宝ですよ！」

珍しくはしゃぐメリッサの手には、オレンジの炎が揺らめく銀色の弓が握られていたので、わたしは「それ、熱くないの？」と尋ねた。

「はい、わたしの心は熱くたぎっておりますわ！　近接魔法しか使えないのでどうしようかと思って、ダメ元でお願いしたら、アラベル様を守るためならと快く貸してくださいましたの。太っ腹ですわね」

「そうね……」

そういう意味ではなかったのだけれど。

メリッサの赤い瞳は爛々と輝いて、そこにちっちゃな炎まで見えたので「全く大丈夫そうね。メリッサは火の精霊に愛されているから……目の中に精霊が住んでるなんてすごいわ」と納得した。

「ねえメリッサ、わたしの護衛なのに、どうして遠距離攻撃が必要なのかがわからないのだけれど」

「攻撃は最大の防御だからですわ」

「……そう、なの？　でも、メリッサの魔法って近距離と言っても、声が届くか届かないかくらいの所まで範囲攻撃できたわよね？」

それくらいの場所の地面が吹っ飛ぶのを見たことがある。このオールマイティな侍女は、王女の側仕えをするには過剰なほど攻撃力があるのだ。

ただ、過剰過ぎる（不審者に対して軽く使ったら、骨まで燃やしてしまいましたというレベル）ので、普段使いができないため、女性にしては強いかな？　くらいの護身術も身につけている。

「敵が攻めてきたら、アラベル様は向こうの攻撃が届かない所にいらっしゃいますからね。その場から敵を攻撃するには、この弓が必要だったんです」

「……積極的に攻撃する気が満々なのはわかったわ」

『護衛』の意味が、わたしの中で崩壊してしまった。

「いいわねえ……」

羨ましそうな顔をするのは、アリスちゃんだ。

「わたしも戦線に立って思いきり暴れたいけれど……今はやめておけって皆言うのよ。胎教によさそうなのに」

大槌を片手にお腹を撫でるアリスちゃんに「魔物の撲殺祭りは、胎教にはよろしくないと思いますわ！」と反論する。

「妊婦には適度な運動とストレスを解消することが大切だって、マリエラータちゃんも言ってるし」

お婆様にもちゃん付けとは、さすがはアリスちゃんだ。

「マリーお婆様の適度とアリスお姉様の適度は、基準が違うと思いますわ」

「……きっと種族間の、認識の違いなのね」

ちょっと違うと思う。

心配だから、絶対にわたしから離れないように見守りたい。

こうして迎撃の準備が整った頃、遙か彼方に巨大な化け物の姿が見えた。

「出撃準備！」

わたしたちは高い塔に避難している。

そこから望遠鏡を使うと、戦況がよく見えるし、周りを高い塀に囲まれたここは最後の砦（とりで）なのだそうだ。

ドワーフが中心の、近接攻撃をする戦士が前面に出て、お父様たちのような遠距離魔法を使う者は後方に控えている。

ちなみに氷雪の貴公子と呼ばれる水と温度を司る精霊魔法を使うシュワルツ公爵は、細身の剣を片手に氷でできた馬にまたがり、一番前にいる。高い防御力と敵を妨害する魔法を使う彼は遊撃手として動くのだ。お父様の魔法をくらっても平然としている彼だからできる戦い方である。

「あっ、アルウィンがあんな前にいるわ」

彼は槍を持ち、先頭に立って化け物の弱点を探すとのことだ。

「大丈夫かしら、心配だわ」

お守りでも渡しておけばよかった。ろくに魔法が使えないわたしに（いまだにピンクの球を出せるだけなのよ）できるのは、無事を祈ることだけなのだ。

『アラベル、心配なの？』

「そりゃあ、心配に決まってるじゃないの」

『化け物がアラベルを狙ってるよ』

「そうなのよ、あの変態王太子め！」

『魔法を使えばいいのに』

「球を出したってなんの役にも……え？」

　メリッサが「アラベル様、誰と話していらっしゃるんですか？　独り言にしては危ない感じですよ？」と鋭く突っ込んできた。

「あら……わたしは誰と話していたのかしら」

『僕たちとだよ！』

『時間と空間の精霊だよー、一緒に魔法を使って遊ぼうよー』

　頭の周りに、ピンク色の光がふわふわ浮いて、わたしの周りを回っていた。

「時間と空間の精霊、ですって？」

『そうだよ。アラベルがようやく気づいてくれて嬉しいな』

『綺麗な髪を持ってるのに、鈍いんだもん』

『可愛いのに、鈍いんだもん』

『美人なのに、鈍いんだもん』

　鈍いを連呼するのはやめてください。

わたしたちがいる塔にはバルコニーがついていて、そこに立つと戦況がよくわかる。望遠鏡を覗くとそろそろ出陣する戦士たちが見えた。

声は聞こえないけれど、普段よりはいくらか真面目そうなウォルティス国王陛下が、戦士たちに檄を飛ばしているのが見える。続いてその十倍は迫力があるアルウィン将軍が号令をかけて皆で鬨の声をあげ、戦場になる平原へと進軍して行った。

「アルウィン、皆様、どうぞご無事で……」

涙をこらえて祈っていると、わたしの周りで騒がしい精霊たちが『早く魔法を使おうよー』『ぱーっとしたやつ？』『アラベルはあの魔法しか覚えてないから、あんまりぱーっとしないよ』『えー、つまんなーい』と、言いたいことを言っている。

ぱーっとしなくて悪かったわね！

わたしはピンクの球を出すしかできませんから！

と、遥か下の方から植物の蔓が伸びてきてバルコニーに巻きついたかと思うと、そこからウォルティス国王陛下がひょっこりと現れた。

「おーいみんな、無事？　攫われたりしてない？　ここには転移を阻む結界を張ってあるけど、それほど強くはないんだよね」

性格も軽いけど、身体も軽い国王陛下だ。蔓を自在に操って、高い塔にも一瞬で上ってこられるらしい。

わたしたちは、地道に階段を上ってきたのに……ちょっとずるくない？

「ウォルティス、お疲れさま。敵は来ていないわ。幸いなことに、どうやら化け物たちは複雑な魔法は使えないみたいね」

アリスちゃんは「なにも飛んできていないわよ」と大槌を振り回した。

確かに、敵に転移魔法が使えるものがいたら瞬間的に敗北してしまう。わたしが化け物に捕まって飲み込まれたら世界は終わりなのだ。

遠くから地響きが聞こえる。敵が近づいてきているらしい。

望遠鏡で見てみると、前方には身体が小さくて足の速い魔物が、その後ろからは戦闘力の高そうな魔物が進んでくる。そして、最後には全身が毛で覆われた、ひとつツノの鬼の化け物が来た。巨大な姿で、背丈はこの塔の半ばまでありそうだ。どうやらあれがシャーズ王太子の成れの果てらしい。

「なんて気持ちの悪い化け物なのかしら……ええっ？」

化け物の身体中には沢山の顔が張りついていて、そのうちのひとつはシャーズ王太子の顔だった。おまけにその近くには、ギリガン国の将軍、グロートの顔まであるではないか。

「……アラベルちゃん、あんまりまじまじと見るのはやめなさい。アリスちゃんも胎教に悪いから見ちゃ駄目。おそらく、悪意のある人間を取り込んで、巨大な化け物になったんだろう」

「酷いわね」

わたしは望遠鏡をおろした。

身体に生えている毛は、様々な色をしている。ということは……。

悪意のある者だけではなく、きっとたくさんの無垢な魂もあの中に囚われているのだ。早く化け物を倒して解放してあげるのが慈悲だと思う。

止められても望遠鏡をはなさないアリスちゃんが、国王陛下に言った。

「ウォルティス、飛行する魔物が予想外に多いわ」

「まずいな。うちの戦士たちは空を飛べない」

再び望遠鏡を構えて見ると、アリスちゃんの言う通り、空には翼を持ち空を飛ぶ魔物がたくさん飛んでこちらを狙っている。

弓部隊が矢を放ち、何匹かを撃ち落としたけれど、矢の届かない上空まで高度を上げてかなりの数が残っている。空からの攻撃は、下にいる者にとって大変不利だ。

「魔法の射程内に入れれば、父が撃ち落とすことができると思いますが」

お父様は遠距離攻撃も得意なのだ。

「風の魔法でも翼を切り裂けるけど……このままだとこちらに大きな被害が出そうだな」

『アラベルったら、僕たちの話を聞いてるの？』

「きゃっ」

真面目な話をしているのに、精霊に髪を引っ張られた。

全員にひと房ずつ髪をつかまれて、わたしは面白い髪型になってしまったらしく、空気を読まないウォルティス国王陛下がこちらを指差して笑っている。

いや、この状況で爆笑できるメンタルの強さ、呆れを通り越して尊敬すらするわ。

「あのね、精霊の皆さん、わたしの髪で遊ばないでください。あと、わたしの魔法はこれだけなので、ご期待に添えませんよ」

『早くー魔法ー』

精霊たちがうるさいので、わたしは手のひらに透明なピンクの球を出した。

「ほらね」

『もっと大きいやつがいいよ』

「……これくらい？」

わたしが両腕で抱えるくらいに球を大きくすると、ウォルティス国王陛下はアリスちゃんに「あれ、なにしてるの？」と尋ねて、わたしが時間と空間の精霊たちにせがまれて魔法を使っていることを説明してもらっている。

「えっ、アラベルちゃんってそんな魔法が使えたの？」

なにやら驚いているようだけど、わたしは精霊たちの望みを叶(かな)えるのに忙しい。これでも一応、長年わたしを守ってくれている精霊たちなのだ。話ができるようになったので、恩返しのためにもコミュニケーションをしっかりと取ろうと思う。

『小さすぎー。僕しか入れないいじゃない』

『もっともっともーっと、この王都が入るくらい大きくしなくちゃ、役に立たないでしょー』

『アラベルはのんびりさんだねー』

言いたい放題であるが、あまり大きな球を作ったら場所をとってしまうのだ。

って、この王都が入るくらいの大きさですって？

『王都よりも大きくして、悪意を持つ魔物や化物は通れない壁にするんだよ』

『仲間は通れるようにするんだよ』

「え、待って頂戴。そんなものを、このわたしに作れるの？」

『できるに決まってるよ！　僕たちが手伝ってあげるから絶対に成功するし。ほら、大きく大きく、もっと大きーくして！』

「味方は通れて、敵は通れない、巨大な球を……わたしが作るの？」

『大きく、大きく』と意識を向けると、わたしが抱えていたピンク色の球は爆発するように急激に膨らみ、部屋を飲み込み、塔を飲み込み、王宮を飲み込み、もっともっと膨らんで……巨大な結界となった。

「ええっ、なにこれ、嘘でしょ？」

作ったわたしも信じられない。

バルコニーに出てみると、突然現れた透明なピンク色の壁に阻まれて、それ以上進めずにもがく魔物たちが見えた。

「……ピンクの球は綺麗なだけのおもちゃではなくて、結界なの？　わたしって、結界魔法の使い手だったの？」

あら驚いた、全然知らなかったわ。

『とても上手にできたねー』

『アラベルが解除しようとしなければ、百年くらいは持ちそうだね』

「えええええーっ、百年も！」

ウォルティス国王陛下が「わーい、アラベルちゃんって天才！」と大喜びで拍手をしてくれた。

「素晴らしいですわ、アラベル様！　で、こちらからの攻撃は敵に届くのですわよね？」

メリッサはそう言うと、うちの王宮の宝物殿から調達した弓を空に向けて引き絞った。

すると、彼女の魔力を使った炎の矢が現れた。

「ひとつ試し射ちさせていただきますわ！」

見事なフォームで空に矢が放たれた。

空気を切り裂くようなスピードで、燃え盛る矢は遙か遠くの鳥のような魔物に突き刺さり、そのまま近くの魔物を巻き込んで爆発した。

「なんて強力な遠距離攻撃なの！」

「あはははは、やりましたわ！　さすがは国宝でございますわね、これで遠くの敵もばっちり仕留められますわ」

高らかに笑うメリッサは、笑いを収めるとものすごい悪そうな顔になった。

「さあ、悪いひよこちゃんたち……お仕置きの時間ですわよ……」

品の良いドレスを着ている貴族の御令嬢なのに、まるで血に飢えた戦闘狂のような表情をしているメリッサにわたしが震えていると、彼女は次々に火矢を放った。

着弾（もはや、矢ではない！）すると、ドーン！　という轟音と共に矢が爆発して、パニックになる魔物たちは次々に餌食となっていく。

「ああっ、なんという快感！　素敵だわ、みんな殲滅してくれるわ、ふふふ、ふはははははーッ！」

メリッサになんかヤバいスイッチが入った！

どうしよう、最近ストレスが溜まっていたからかしら？

空の爆発に加えて、地上でも派手な爆発が起きている。望遠鏡で見ると、どうやらお父様が嬉々として爆裂魔法を放っているらしい。最前列にいた小型の魔物はすべて炭と化している。

その後ろでは、氷の馬に乗ったシュワルツ公爵が魔法を放ちながら走り回って、魔物の下半身を地面に凍りつかせている。そこに近接戦が得意そうなドワーフたちが殴りかかって倒し、エルフが風の刃で首を刎ね落としている。

「アラベルちゃん……精霊に愛されたイスカリア国の人たちって、温和な性格じゃなかったっけ？　攻撃力がおかしいんだけど……」

「ええ、温和で平和主義なのは確かですわ」

わたしは次々と矢を放ち、危ない感じに高笑いしているメリッサから目を逸らしながら言った。

「わが国には、攻撃力が強い精霊魔法を使う者もとても多いのです。で、彼らが戦争に参加して本気で魔法を使ったならば、一国丸ごと焼け野原、なんてことになりかねないので、自重しているのですわ。うちの父と筆頭補佐官のふたりだけでもこうなるのですから、どうなるかご想像できますでしょう？　ほら、この火の精霊に愛されたメリッサもそうなのです。イスカリアの魔法使いが自重を忘れるとこうなることを知っている国は、イスカリア国を本気で怒らせないようにしていました。ギリガン国王もそうです」

「あー、そういうことか。なるほどね、上から目線のくせに、妙に人質を丁寧に扱うと思っていたら……」

　そんなことを話していると、空飛ぶ魔物はほとんど駆逐されてしまった。メリッサは今度は、化け物の親玉に向かって矢を射かけている。

「ふふふふ、燃えろ、燃えておしまいなさい！」

　とても楽しそうだ。

「ですけれどね、メリッサは普段は気のいい侍女なのです。こんな時になんですが、もしよろしかったら、年頃の独身の殿方を紹介していただけますと……」

「なんて高い防御力なの！　このわたしの攻撃にびくともしないとは……ふふふ、これならどうかしら！　それ！　それ！」

「あ、やっぱりあとにしましょう」

ウォルティス国王陛下とアリスちゃんの目が泳いだのを見て、わたしはメリッサの旦那様ゲット作戦を中止したのだった。

圧倒的な火力を持つ連合軍の前に、シャーズ王太子と融合した化け物たちは難なく壊滅させられそうだと思われた時だ。

「わ、なんだあれ……」

わたしが避難している塔のバルコニーから、望遠鏡を使って戦況を見守っていたウォルティス国王陛下が「ヤバい、これは一時撤退だ」と呟き、上空に手のひらを向けた。

そこから渦巻きながらカラフルな花びらが噴き上がり、風の魔法に飛ばされて遠くの戦場に降り注いだ。

これが撤退命令の合図だったらしく、近接戦を行なっていた戦士たちは、一斉に攻撃を止めてわたしが張っている結界の中に戻ってきた。

今は弓矢部隊と魔法の遠距離攻撃だけが続いている。

「なにが起きたのかしら」

わたしたちも、それぞれが持つ望遠鏡を覗き込んだ。

多くの乙女から奪った髪の毛に覆われた腕で、苛立つように結界を連打する化け物が、明らかに先程よりも大きくなっていた。見ると、周りにいる魔物たちを生死に関わらず身体に取り込んでいるようだ。

「うーん、困ったな。あの髪の毛の防御力が半端ないんだよね」

「ウォルティス、化け物の弱点がどこにあるかわかったの？」

……わたしの髪の毛で覆われるはずの場所が弱点なのね……。

背筋がぞくりした。

「まだわからないっぽいな。でも、あいつは戦いながら頭を庇う動きをしていたから……おそらく、頭頂部にあると思うよ」

わが軍の手の届く場所に弱点があったなら、とっくに集中攻撃をしているはずだ。

「アルウィンが、シュワルツ公爵と一緒にこっちに戻ってくるから、ちょっと降りてくるね」

国王陛下はまた蔓を使って、身軽にバルコニーを降りていった。

シュワルツ公爵の作り出した氷の馬は、とても速く走れるのだ。あっという間にふたり乗りをして戻って来た。そして、下では兄弟で作戦を立てて……なにを言っているのかわからないけれど、大きな声で話し合っているらしい。

なにか問題があったのだろうか？

しばしの沈黙の後、国王陛下が指示を出したらしく、お母様が来る時に使った世界樹の枝で作った籠が現れた。

ウォルティス国王陛下が再びバルコニーに上ってきた。彼はとても険しい表情をしている。そして、わたしに言った。

「アラベルちゃん……化け物の弱点は、やっぱり頭頂部にあるらしい。アルウィンが確認したとのことだよ。でね……あの化け物は、このままだと結界を破りかねないほど強くなってきている」

わたしが視線を遠くにやると、この塔と同じくらいの高さまで巨大化した化け物が、唸り声をあげながら結界に体当たりを始めるところだった。

『アラベル、大変だよ』

『あいつはとても邪悪で、とても強いよ』

『結界にひびが入っているよ』

精霊たちが不安そうに言っている。

結界が破られたら、あいつはここにやって来てわたしを喰らい、世界のすべてを破壊して飲み込むのだ。

「アラベルちゃんがアレの手に落ちたらおしまいだ。弱点が存在するうちに早急に仕留める必要があるから……これからアルウィンが突撃する」

「……どう、いう、ことですか？」

わたしは震える声で尋ねた。

「突撃って、なにをするんですか？」

「わたしがアルウィンを空高くまで飛ばして、そこから風魔法で化け物の上空に行き、とどめを刺すことになった……ごめんね」

わたしの全身から血の気が引いた。

「……待ってください、それ、ものすごく危険ですよね？　お願いですから待ってくださ
い、やめてください、アルウィンにそんなことをさせないでください！」

「他の方法があるなら、わたしもそっちにしたいんだよ！　もう一刻を争うんだ！」

「お願いいたします、どうかおやめください！　危険すぎます！」

「……アリス、アラベル王女を拘束して」

恐ろしく冷たい声で、ウォルティス国王陛下がアリスちゃんに命じ、彼にすがろうとし
たわたしは力づくで止められた。

「アリスお姉様、放してください！　お願いです、ウォルティス国王陛下、やめて、アル
ウィンを飛ばさないで！」

「アラベルちゃん、落ち着いて……」

「アルウィンが！　やめて、お願い、お願いします、なんでもするからやめてください！」

「ごめんね……」

辛そうな涙声でアリスちゃんが言って、わたしを抱きしめた。

国王陛下はもう振り返らずに、両手をバルコニーの下に向け、蔓を放った。

動けないわたしはなんとか下を見た。

アルウィンが乗り込んだ籠に蔓が巻きつけられているのが見えた。

「やめて、お願い、やめて、やめてーッ！」

籠がものすごいスピードで空へと打ち上げられた。

槍を構えて高く舞い上がったアルウィンは、頂点まで行くと、風魔法に乗ってメリッサの放つ矢よりも速く化け物の上へと飛んだ。

「アルウィン！」

遠いので、肉眼ではよく見えない。

息を止めて見つめていると、化け物の動きが止まり、その身体がゆっくりと倒れた。

大きな歓声が上がった。化け物が討伐されたのだ。

その身体から立ち昇ったたくさんの光が、空へと向かっていく。あれは乙女たちの魂なのだろうか。

巨体はゆっくりと地面に沈み込んでいく。

たくさんの大きな手が現れて、邪悪な存在である化け物を地の底へと引き摺り込んでいるのが見えた。

ウォルティス国王陛下はバルコニーから飛び降りるようにして下に行った。

籠を持って、陛下が戦場に全速力で走っていくのが見えた。

速い。

氷の馬よりも速い。

いつの間にか、歓声が聞こえなくなっていた。

静寂の中、蔓でぐるぐる巻きになった籠を従えて、全速力の国王陛下が戻って来た。

そして、そのまま王宮に入って行った。

「行きましょう、アラベルちゃん」

声も出せずに凍りついていたわたしを、アリスちゃんが肩に担ぎ、塔の長い階段を駆け下りたけれど、わたしには妊婦さんを気づかう余裕がなかった。

アルウィンは？

アルウィンはどうなったの？

化け物の頭頂部に見事槍を突き立てて倒したアルウィンは……。

王宮の広間に籠が置かれている。その側におろされたわたしは、足から力が抜けてしゃがみ込んだ。

「嘘でしょ……アルウィン？　ねえ、目を開けて……アルウィン？　アルウィン！」

全身を化け物の髪の毛で貫かれ、血塗れになった最愛の人は、いくら呼びかけてもぴくりとも動かなかった。眼帯が外れて左眼の無惨な傷が現れているアルウィンは、右の眼も失っていた。その防具はボロボロで、隙間からは血が溢れて床を赤く染めている。

マリーお婆様が全身に緑色に光る液体を振りかけながら「アルウィン坊や！　これ、アル坊、目を覚まさんかい、アル坊！」と叫んでいる。

彼の身体も緑色に発光しているのは、世界樹の癒しの力が発動しているからなのだろう。けれど、回復が全然間に合っていない。

「アル坊！　しっかりおし、アル坊！」

いつものんびりと笑って余裕たっぷりな治療師のマリーお婆様が声が枯れるほど叫んでいるのを、わたしは床にぺたりと座り込みながらぼんやり眺めている。

これは、悪い夢を見ているんだ。

常勝将軍であるアルウィンが、こんなに血を流して横たわっているなんて、嘘だ。

彼は歓声の中を王宮へと戻って、目を細めてにやりと笑っているはずだ。

わたしのせいで、こんなことになってしまったの？

「わ、わたしの結界が、脆かったから……化け物に壊されそうだったから……」

強靭な結界を展開できなかったから、アルウィンが命をかけなければならなかったの？

「ごめんなさい……わたしのせいで……」

わたしのこの髪が、化け物を引き寄せたから、この戦いが起こって、そしてアルウィンが……。

「わたしが死ねばよかった」

「それは違うよ、アラベルちゃん」

ウォルティス国王陛下が静かに言った。

「君の結界がなかったら、たくさんの死傷者が出ていたはずだ。あんなにたくさんの魔物に攻め込まれていたのに、結界に守られていたから、連合軍には驚くほど被害が少なかったんだよ」

「だけど、アルウィンがこんな姿になってしまったじゃない！　アルウィンを守れない結界なんて意味がないわ！」

「……アルウィンは、世界と、愛する君を守ったのだから、そんなことを言うのはやめてくれ」

ウォルティス国王陛下は弟の横に膝をつき、マリーお婆様と一緒にアルウィンに呼びかけた。

「まだ命の火は消えていない。アルウィン、戻って来い！」

でも、魂の器が壊れてしまっている。

無数の髪の毛に貫かれたせいで、触れたらそこから崩れそうなほどに肉体が傷ついているのだ。

『アラベル、大丈夫？』

『その人はアラベルの大切な人？』

『彼の魂が抜けかけているよ』

わたしは口々に話しかけてくる精霊たちに「……大丈夫じゃないわ。でも、彼をひとりでは行かせたくないの」と呟くように言った。

『アラベル、駄目だよ、アラベルの魂まで抜けそうになってるよ』

『なにしてるの、アラベル！』

『そこから出たら死んじゃうじゃない！』

わたしのピンク色の髪を、たくさんの精霊たちがつかんで引っ張った。頭がガクンガクンと揺さぶられた。

『それなら僕たちと取引をしようよ』

『アラベルの大切なものをひとつ頂戴。そうしたら、僕たちがこの人を助けてあげるよ』

『僕たちにはとっておきの、すごい魔法があるんだよ』

わたしは頭をあげて、光る精霊を見つめた。ふわふわと浮いたピンク色の光は、髪をつかんだままその場で回転した。

「取引を……アルウィンを助けてくれるの？　それならなんでもあげるわ！　わたしの全部を持って行っても構わないから、早く彼を助けて！」

精霊たちの姿は光る球として他の人にも見えるけれど、声は精霊に愛されるイスカリア国の者にしか聞こえない。わたしの言葉を聞いたウォルティス国王陛下とアリスちゃんが、ぎょっとしたようにわたしの顔を見た。

「アラベルちゃん！　滅多なことを考えるんじゃないよ！　なんだか知らないけど変な取引をしちゃ駄目だ！」

「しっかりして頂戴、アラベルちゃん。マリーお婆様、なにか気つけの薬はないの？　アラベルちゃんの様子がおかしいのよ」

わたしは心配するふたりを無視して、精霊たちに言った。

「どうやってアルウィンを助けるの？」

『ふふふ、僕たちは時間と空間の精霊だからね』

『この人の身体の時間を戻してあげるよ』

『怪我をする前の時間に戻せば、魂が戻っても平気になるよ』

『これは一回しか使えない精霊魔法だし、アラベルから代償をもらうけどいいかな？』

「いいわ。取引します。わたしのものをなんでも差し出すから、アルウィンを戻して」

『わかった！』

『みんな、集まってー』

世界中の精霊が集まって来たように感じるほど、わたしの周りにピンクの光がどんどん増えてきた。そして、光から出る小さな手が次々にわたしの髪の先をつかむ。球だった光には手足が生えて、人の形に近づいていった。

「な、なんなのじゃこれは？」

「小さな光る小人がたくさん……もしかして、この子たちがアラベルちゃんの精霊なの？　って、うわあ」

集まった精霊たちに、アルウィンの近くにいたマリーお婆様とウォルティス国王陛下が押し出された。そして、ぐるぐると渦巻く光がわたしとアルウィンを包んでいく。

『回れ、回れ、みんなで回れ』

『時の輪を回せ、みんなで回せ』

時間と空間の精霊たちは、わたしの長い髪を持って、楽しそうに歌いながら踊っている。

「なにが起きておるのじゃ？」

「眩しくてなにも見えないよー、これもアラベルちゃんの精霊魔法なのかい？」

「アラベルちゃーん、大丈夫？　アラベルちゃん！」

「駄目だ、アリスちゃんは危ないから離れていて！」

アリスちゃんが光に包まれるわたしに手を伸ばし、国王陛下に抱き止められているのが見えた。

『戻れ、戻れ、時間よ戻れ』

『くるくる回る時の輪の中で！』

わたしの身体の中から、なにかがごっそりと引き抜かれ、ピンクの光が部屋から溢れるほど輝いた。

「嘘でしょ、いやよ、アラベルちゃんーッ！」

アリスちゃんの泣き声がした。

わたしはそのまま意識を失って、アルウィンの隣に倒れた。

「アラベルちゃん！　アラベルちゃん！」

　身体を揺さぶられたわたしは、はっとして目を開いた。

「……あら、わたし、意識を失ってしまっていたのね」

　一気に魔力を持っていかれた反動で、まだふらふらする。

「よかったわ、あなたまで失ったら、わたし……こんな姿になってしまうし……」

　わたしを抱き起こして泣きじゃくっているのはアリスちゃんだった。ドワーフはとても情に厚い種族なので、義理の妹になるわたしのことを、アリスちゃんは本当の妹のように思っていてくれているのだろう。

　わたしもアリスちゃんのことが大好きだから、身重の彼女を怯えさせてしまって申し訳ないと反省した。

　反省はしたけれど……後悔はしていないの！

「アリスお姉様、アルウィンはどうなりましたか？」

「え？　どうって……」

アリスちゃんが悲しそうな顔をしているので、わたしは慌ててまだ横たわっている彼を見た。

精霊たちの魔法は効果がなかったの？

……彼の顔は血塗れだけれど……頬に血色が戻ってきているように見える。

「アルウィン、アルウィン」

アリスちゃんの腕から抜け出したわたしは、名前を呼びながら彼と顔についた血を手のひらで拭う。

「昔の、魔物にやられたという眼の傷まで治っているの？」

空洞だった眼窩（がんか）には膨らみがあるし、左頬にあった無惨な傷跡が綺麗に消えている。念のために触れてみると、右にも左にも、ちゃんと眼の存在が感じられた。精霊の魔法で時間が巻き戻り、彼の身体は大怪我をする前の状態に戻っていたのだ。

「昔の傷までなくなるなんて、精霊たちは大サービスをしてくれたのね」

世界樹の癒しの加護がアルウィンの身体に吸い込まれて、どんどん血色がよくなっている。さっきはアラバスターの彫像のように血の気がなかったけれど、今は穏やかに眠っているように見える。

「そろそろ起きてよ、お寝坊さんな、わたしの大事な人」

わたしが彼の顔を撫でながらふふふと声に出して笑っていると「まさか、衝撃で気がふれてしまわれた？」「アラベル、ちゃん……」「王女殿下、なんておいたわしい……」とかいう痛ましげな声がした。

「アルウィン、起きて。目を開けて頂戴」

わたしは癒しの光に包まれているアルウィンに呼びかけ端正な鼻筋をなぞってから、鼻の頭をつつき、また頬を撫でた。

「ねえアルウィン、早く起きてくれないと、わたしがおかしくなったと勘違いをされて、どこかに隔離されてしまうわ。気つけのために頬を張るわけにもいかないから、早く目を開けてよ。そして、あなたの素敵なブルーの瞳を見せてよ、アルウィン」

わたしの言葉を聞いて、周りではすすり泣く者も現れてしまった。

ちょっといたたまれない。

「ねえ、アルウィンったら！　……もしかして、口づけをしたら目が覚めるのかしら？もう大丈夫なのよね？」

わたしは周りに浮かんでいる精霊に尋ねた。

『それはいい考えだと思うよ。キスにはおまじないの力があるからね』

「やってみるわ」

わたしはアルウィンの頭を両手で抱えるようにして口づけた。

すすり泣きがいっそう大きくなってしまった。

「起きないわ。おかしいわね……そうだわ」

わたしはボロボロの防具の下にすっと指先を潜り込ませると、胸の筋肉を撫でてからそこにあった突起をきゅっと握った。

　アルウィンの身体がびくんと跳ねた。

「わあっ、今、アルウィンが動いたよ！」

　ウォルティス国王陛下が「アルウィン！　アルウィン！」と大声で彼の名を呼びながら顔を平手打ちし始めた。なかなか容赦のない叩きっぷりで、辺りにパン！　パン！　という派手な音が響く。

「……何事だ！」

　酷いなあ、なんて思って見ていたら、国王陛下の遠慮のない起こし方は効果てきめんだったようで、アルウィンが腹筋を使って飛び起きた。

「化け物は？　やったのか？」

「ああ、よかった……アルウィ」

「アルウィン！　アルウィン！」

「わあ」

　わたしがアルウィンに飛びつくと、ウォルティス国王陛下は遠くに飛ばされてアリスちゃんに受け止められた。

「ありがとうアルウィン。化け物になったシャーズ王太子は、あなたが倒してくれたのよ」

「いや、アラベル！　この髪はどうしたのだ？」

「髪？　あっ！　色が変わっているというか、ピンク色がなくなって真っ白になっているじゃないの！」

　わたしは自分の髪をつかんで叫んだ。

「色がなくなってしまったわ……」

『綺麗な色をもらったよ、アラベル』

『これが魔法の代償なんだ』

『じゃあね、この素敵なピンク色を飾らなくっちゃ』

　笑いさざめきながら、精霊たちが消えて行った。

「あら……アルウィンを助けてくれてありがとうね、精霊さんたち」

　最後の精霊がわたしに小さな手を振って、光の球は皆消えてしまった。

「あのね、アルウィン。簡単に言うとわたしの精霊たちが、髪の色をあげる代わりにアルウィンの身体を怪我のない時間に戻してくれたのよ」

「……わたしはかなりの怪我をしていたのだな。血だらけで酷い姿だ」

　そして彼は「アラベルが助けてくれたんだな。ありがとう、わたしの美しい白薔薇よ」とロマンチックなことを言って、口づけてくれようとしたのだけれど。

「はい、そういうのは後で頼むよ！　アルウィンの着替えと身体を拭くお湯は……よし、全部脱いじゃって！」

「ちょっと、兄上」

「脱げ脱げ脱げー！　みんなお前が死んでしまったと思って意気消沈してるんだよ、ピンピンしてるところを見せてやらないと！　でも、血でドロドロのままじゃ困るから、ほら、拭いて！　……アラベルちゃんも拭きたい？　はい、手伝ってね」

「えっ、そんな、あらっ、失礼いたしますわ」

パンツ一枚の姿になったアルウィンのたくましく美しい筋肉を「いやん」なんて言いながらちらちら見ていたわたしに、国王陛下がご親切にも絞った布を渡してくれたので、わたしは彼の素敵筋肉を磨くように手早く拭きあげた。

綺麗になり身支度をしたアルウィンと、手についた血を落としたわたしは、ふたり揃って外に出て、王宮の前に置かれた演台の上に登った。

「将軍閣下？」

「あれは、将軍閣下……生きているのか？　本物か？」

ウォルティス国王陛下も演台にやって来て、驚きで静まり返った連合軍の戦士たちに言った。

「勇敢な同士諸君！　強く巨大な敵を、その身を挺して倒したアルウィン将軍は、婚約者であるイスカリア国のアラベル第二王女のたぐいまれな精霊魔法によって死の淵より帰還した！」

「……おお、奇跡だ！」

「なんという喜び！」

「アルウィン将軍閣下ーッ！」

「白き薔薇の美しき王女殿下、ばんざーい！」

アルウィンは笑顔で歓声をあげる人々に手を振った。そして、わたしと向かい合った。

「ベル、ありがとう。まさかこの両眼であなたの愛らしく美しい顔を見ることができるようになるとは……感謝しかない」

「片目でもハンサムだったけれど、両目が揃ったあなたもとっても素敵だわ」

笑うわたしに、アルウィンは熱烈な口づけをして、歓声はいっそう高まったのであった。


こうして、シャーズ王太子と、彼がどこかから呼び出した邪神とも悪魔とも言われた化け物は、無事に退治された。

事態が収まって安心したのか、今にも倒れそうな状態だったギリガン国の現国王は早いスピードで回復して、諜報部の生き残りの従者と共に国に帰って行った。後始末がかなり大変そうなのだが、彼は一国の王として国を立て直さなければならないし、父親として子育ての失敗の責任を取らなければならない。後から知ったのだが、ギリガン国の王妃陛下、つまりシャーズ王太子の実母も、お気の毒なことにその髪を奪われた挙句、命を失っていたらしい。

この事件ですっかり意気消沈したギリガン国王は、もう『光帝国』と名乗るのを正式にやめる事にし、人間至上主義を撤回しエルフやドワーフをはじめとした異種族の人々のことも尊重していくと誓っていた。

差別主義のシャーズ王太子がいなくなり、これでこの世界はより平和になると思いたい。

この戦いの連合軍側の被害だが、わたしが張った結界から強力な遠距離攻撃（特に、お父様の大火炎魔法）を放つことができたため、非常に少なく済んだ。安全地帯があったため、近距離で魔物たちと戦闘した者から怪我人が出てもすぐに退避することができ、死者がいないという幸運な結果で終わった。

一番危ないところだったのはアルウィンだったが、わたしの髪の色を代償にした時間逆行魔法のおかげで健康な身体を取り戻し、命を長らえることができた。時間と空間の精霊たちには感謝の想いしかない。

化け物に率いられた魔物たちの死骸は、ほとんどが化け物が巨大化するのに使われて合体したあげくに地の底へと引きずりこまれて行ったので、後始末は楽であったという。残りの魔物は解体して、資材として活用するらしい。

思いきり魔法を振るったお父様とシュワルツ公爵は、すっきりした顔でアールガルド国を後にして行った。おそらく、一生分の大魔法を放ったのだろう。

身重のアリスちゃんのことが心配だったが、母体も赤ちゃんも変わりなく順調に妊娠生活を続けている。さすがは心身共にタフなドワーフである。

「……ベル」

「どうしたの、アルウィン？」

「早く子どもが欲しい」

私室でゆったりとした午後のティータイムを過ごしていると、時間の都合をつけてやって来たアルウィン（彼は将軍なので、事後処理で忙しいのだ）は、真剣な顔でわたしに訴えた。

「今回のことで、人生にはいつなにが起きるかわからないとつくづく思わされたのだ。だから、早くベルにわたしの子どもを身籠もって欲しい。わたしに万一のことがあっても、ベルに子どもを残していくことができるなら、わたしは……」

「万一のことなんて、そうそうあってたまるものですか！」

わたしが手を伸ばして隣に座っていたアルウィンの頬っぺたを思いきりひっぱると、彼は面白い顔になりながら「いたいいたい、ごめん、ごめんってば」と謝った。両眼が揃って眼帯をつけなくなった彼の顔は、ワイルド寄りから美形王子系寄りになってしまったので、昔の調子を思い出したわたしは時々無性に彼をいじめたくなってしまう。

まあ、四つん這いにさせて馬乗り、なんてことはしないけれどね。

「結婚するまでは駄目よ」

「なら、早く式を挙げたい」

「……そうね。このバタバタが終わったら、早く結婚式を挙げてしまうのもいいかなとは思うわ。披露宴は後にして、先に式を挙げて、あなたと正式な夫婦になりたいわ」

「ベル！　愛してる！」

わたしを抱きしめて口づけをしたアルウィンは「では、早く仕事を片付けてくる！　兄上と相談して早急に式を挙げる手配もするからな！」とやる気満々の表情で部屋を飛び出して行った。

あの調子だと、ものすごい勢いでバタバタの始末をしてくれそうだ。

どんなに忙しくても夜になるとアルウィンは元気いっぱいで、わたしたちは毎晩肌を重ねた。

例の避妊薬改め精力剤を服用しているし、アルウィンに抱きついていると癒しの効果の恩恵を受けられるので、『まずは三回連続』という、一国の将軍閣下にふさわしい活力を見せてくれるアルウィンと愛を交わしても、寝込むようなことにならないからありがたい。

そして今、わたしは彼にまたがっている。

大丈夫、四つん這いにはさせていないからセーフだ。

「あん、中にアルウィンのが入ってる、奥まで当たって気持ちがいいわっ、んんっ」

腰を動かしながら発達した胸の筋肉を両手で弄ると、わたしの中がきゅんきゅんと締まってアルウィンのモノを絞ろうとする。手のひらから筋肉パワーを吸い込んでいるのかもしれない。

「あっ、ベル、すごくいいよ」

快感をこらえてかすれる声がセクシーなので、もっと麗しの王子様をいたぶって……ではなく、将軍閣下にご奉仕するために、コリコリになった胸の突起を指でこねてやった。

「あらっ、ここを弄るとさらに大きくなるわ、すごいわ！」

びくんびくんと動きながら、彼の巨大な剣が質量を増した。

「んんっ、ベル……なんて人なんだ」

涙目のアルウィンが可愛すぎてたまらない。

わたしはことさらゆっくりと腰を上げ下ろしして、アルウィンのモノを締めつけた。

「どう？　気持ちいい？」

「そんな淫らな顔でわたしを見て……この前まで無垢な処女だったのに、薔薇の少女が妖艶な女性になってしまったな」

「殿方を喜ばせるのも淑女の嗜みなのよ……駄目だわ、わたしがイきそう」

たくましい筋肉男性にまたがって、いやらしく腰を振っているというこの状況では、視覚の刺激で余計に感じてしまうのだ。

「そうか」

わたしのお尻に敷かれてされるがままになっていたアルウィンは、にやりと悪い笑みを浮かべるとわたしの腰を両手でつかんだ。

もっと動きたいのに、動けなくされて、わたしは「ああん、意地悪しないで」と身悶えた。

「どうして欲しい？」

「あなたの固くて太い肉棒で、思いきりついて欲しいわ」

「薔薇の姫の仰せのままに」

彼はそう言うと、横になったままで激しく腰を動かした。

「あああーっ！」

まるで暴れ馬に乗っているようなわたしは、淫猥な液を溢れさせながらのけぞり、そのまま達してしまった。

「まだまだ楽しまなくては」

繋がったまま、今度は身体を入れ替えて、わたしの脚を割り広げたアルウィンは激しく腰を動かす。肉と肉がぶつかる音と淫らな水音が部屋に響き渡る。

「やっ、また、イっちゃう、イっちゃうの、駄目、イく、イくっ、やあああああーッ！」

目の前が真っ白になり、わたしは全身を痙攣させた。

はあっ、はあっ、と荒い息を吐くわたしに、容赦のない将軍閣下は「もう一度、イこうか」とコリッと立ち上がった花芽を指で潰した。

「やあっ、そこは駄目なのっ」

「うん、きゅっと締まるな」

ゆっくりと腰を前後に動かしながら、彼は指先で感じやすい粒を弄ぶ。

「気持ちいいのだろう、そら、中を貫かれながらここを弄られると、ベルがわたしを締めつけてくるよ」

「あっ、いい、いいわ、もっとして」

「ベルは可愛いな」

だらしない顔で喘いでいるから、ちっとも可愛くないと思うのだけれど、アルウィンは蕩(とろ)けるような表情でわたしに口づけながら、腰を動かす速度を増した。

「あっ、いい、気持ちいい、またイく、イっちゃうーッ！」

「わたしも一緒に、くうっ！」

ずん、ずんとリズミカルに突きながら、彼は熱い飛沫(ひまつ)をわたしの中に放った。

「……愛しているよ、ベル。こうしてあなたを抱くことができて、この上なく幸せだ」

「わたしも愛してるわ」

「では、もう一回最初から」

「え」

顔を引き攣らせるわたしに「大丈夫、夜はまだこれからだ」と笑いかけて、心身共にタフ過ぎる筋肉将軍は今夜も、あっという間に力を取り戻した豪剣を振るうのだった。

FIN.

あとがき

こんにちは、葉月クロルです。

このたびは『薔薇の姫君はエルフ将軍の腕で愛を知る 幼なじみの美少年が筋肉男子に変貌を遂げていました！』をお手に取ってくださいまして、ありがとうございます。

このお話は、世界一美しい髪を持つお姫さまによる、恋と冒険と筋肉最高！ のロマンチックな物語です……きっと。

記憶の彼方にある幼なじみの男の子に再会したら、すごーくカッコよくなっていたなんていう展開は、ドキドキの正統派ロマンスですよね。なのに、なぜか残念な香りがするのは、ヒロインの特殊な趣味のせいでしょうか？

芳しい薔薇の香りに混じるのはムンムンした筋肉の匂い。胸元がはだけたシャツもセクシーだけど、脱いだらもっとカッコいい、むしろひと思いに全部脱いじゃって欲しいとヒロインに思わせるヒーロー。ヒロインが無意識に撫で回していたのは、張りのある素晴らしい胸の筋肉。とってもいいですね！

そうそう、わたしが一番好きなのは、ピンクの薔薇です。淡いピンクもサーモンピンクも、エレガントな濃いピンクもいいですね。華やかだけど愛らしく、飾るとお部屋が明るくなります。一輪をそっとグラスに浮かべても素敵だし。

ちなみに、ピンクの薔薇の花言葉は、「上品」だそうです（え、それってもしや、わたしの書くお話と対極にある言葉では……）。ピンクの薔薇には他にも「可愛い人」「美しい少女」「愛の誓い」などの花言葉があり、若くて初々しい物語のヒロインにぴったりです。ヒロインが可憐な薔薇だとすると、このお話のヒーローは優しくてたくましい樹木です。地面深くに根を張ってどっしりと立ち、大きく枝を広げて人々を守る大樹のような第二王子のアルウィンは、風魔法と槍を使って国の守りの要となる将軍です。

とても強いのに、細やかな心遣いもできる大人の男性で、それでいて幼い頃に好きだった少女を一途に思い続ける少年のような純真さもあって……すみません、やっぱり一番の魅力は筋肉でした。

少女が筋肉騎士に向ける熱い視線に気づき、いつか再び出会える日のために身体を鍛え、芸術品のようにキレッキレにしあげてきたヒーロー、やっぱり素敵です！　このお話を通じて、筋肉の素晴らしさを改めて感じていただけたら嬉しいです。

それでは、またどこかでお会いしましょう。

葉月クロル

ムーンドロップス作品
コミカライズ版！

〈ムーンドロップス〉の人気作品が漫画でも読めます！

お求めの際はお近くの書店または電子書店にて。

治療しなくちゃいけないのに、
皇帝陛下に心を乱されて♡

宮廷女医の甘美な治療で皇帝陛下は奮い勃つ

三夏［漫画］／月乃ひかり［原作］

〈あらすじ〉

田舎の領地で診療所を開く女医のジュリアンナ。おまじないのキスでどんな病気も治すという彼女のもとにクラウスという公爵が訪れる。彼から、若き皇帝陛下・クラウヴェルトの“勃たない”男性器の治療をお願いされてしまった！　戸惑うジュリアンナに対し、皇帝陛下は男を興奮させるための手ほどきを…!?

孤立無援 OL が憧れの部長の花嫁に
ここは、私の願いが叶う世界

異世界で愛され姫になったら現実が変わりはじめました。上・下

澤村鞠子［漫画］／兎山もなか［原作］

〈あらすじ〉

真面目で負けず嫌いな性格ゆえに、会社で孤立している黒江奈ノ花。そんな彼女の心の支えは、隣の部の部長・和久蓮司の存在。ある日、先輩社員の嫌がらせで残業になった奈ノ花は、癒しを求めて和久のコートを抱きしめている現場を本人に見られる！　その夜、恥ずかしさと後悔で泣きながら眠りに落ちると、なぜか裸の和久に迫られる夢を見てしまい…!?　夢の中で奈ノ花は、和久そっくりなノズワルド王国の次期王・グレンの婚約者になっていた！

初心なカタブツ書道家は
奥手な彼女と恋に溺れる
漫画 山冨
原作 西條六花

蜜夢文庫 作品コミカライズ版！

〈蜜夢文庫〉の人気作品が漫画でも読めます！

お求めの際はお近くの書店または電子書店にて。

人気茶葉店の店主×内気なOL
「あの雨の日、彼は静かに泣いていた……」
優しい茶葉店の店主が私限定で獰猛に！

眼鏡男子のお気に入り 茶葉店店主の溺愛独占欲

モユ［漫画］／西條六花［原作］

〈原作小説〉絶賛発売中！

〈あらすじ〉

「こんなきれいな身体なんだから自信を持っていい」。

イベント企画会社で働く莉子は引っ込み思案で男性と交際したことがない。会社が主催する中国茶教室に参加して興味を持った莉子は、講師の響生に誘われ、彼が経営する茶葉店に通いはじめる。穏やかな人柄の響生に少しずつ心を開くようになった莉子だったが…。

西條六花原作「眼鏡男子のお気に入り 茶葉店店主の溺愛独占欲」のコミカライズ！

甘くてビターな溺愛ストーリー♡

★著者・イラストレーターへのファンレターやプレゼントにつきまして★

著者・イラストレーターへのファンレターやプレゼントは、下記の住所にお送りください。いただいたお手紙やプレゼントは、できるだけ早く著作者にお送りしておりますが、状況によって時間が掛かる場合があります。生ものや賞味期限の短い食べ物をご送付いただきますとお届けできない場合がございますので、何卒ご理解ください。

送り先

〒160-0004　東京都新宿区四谷3-14-1　UUR四谷三丁目ビル2階

(株) パブリッシングリンク

ムーンドロップス 編集部

〇〇（著者・イラストレーターのお名前）様

薔薇の姫君はエルフ将軍の腕で愛を知る

幼なじみの美少年が筋肉男子に変貌を遂げていました！

２０２３年６月１９日　初版第一刷発行

著……………………………………………………… 葉月クロル

画………………………………………………………… 赤羽チカ

編集…………………………… 株式会社パブリッシングリンク

ブックデザイン…………………………………… しおざわりな

（ムシカゴグラフィクス）

本文ＤＴＰ……………………………………………… ＩＤＲ

発行人…………………………………………………… 後藤明信

発行……………………………………………… 株式会社竹書房

〒102-0075　東京都千代田区三番町８－１

三番町東急ビル６Ｆ

email：info@takeshobo.co.jp

http://www.takeshobo.co.jp

印刷・製本…………………………… 中央精版印刷株式会社
